パーフェクト・ワールド
What a perfect world!

清涼院流水

Lesson.0 *I'm in an Imperfect World*
（不完全な世界にいる、ぼく）

Lesson.1 *Ray to Ace with Magic Language*
（レイとエース、魔法のコトバで）

Book&BOX Design **Veia**
Font Direction **Shinichi Konno**(Toppan Printing Co.,Ltd)
Cutting Art Stamp **Umekichi**
Photo **Jerry Driendl/Getty Images** © イメージ京都 田中秀明　清涼院流水

Lesson.2   *Perfect Misunderstandings*
                （どうしようもない誤解の数々）

Lesson.3   *At That, Advance Lots of Plots*
                （aとtheと、たくらみを未来へ）

Lesson.0 I'm in an Imperfect World

(不完全な世界にいる、ぼく)

「なんて不完全なんだ、この世界は」！

たまに、むしょうに、そう叫びたい気持ちになる。
初めて世界に絶望したのは、小学4年生の時だ……。
当時のぼくは、10歳。現在の、ほぼ半分の年齢だった。
幼い頃から体力と運動神経に恵まれていたぼくは、地域の少年野球チームの中心選手。並みいる上級生たちをさしおいて、4番バッターでエース・ピッチャーだった。
足も、チームで、いちばん速かった。

ピッチャーとしてのぼくは、速球を投げるより、変化球のカーブを得意としていた。ぼくの投げるカーブは「バッターの手前で直角に曲がる」と言われた。たしかに、うまく決まった時には、直角に近い角度で曲がっていたかもしれない。ぼくの名字と「直角」をかけて、そのカーブは「一角カーブ」と呼ばれた。
必殺技があるなんて、まるで少年マンガのヒーローだ。
あの頃のぼくは、ヒーローみたいな奴だった。

バッターとしてのぼくは、どんなボールにでも、バットを、あわせられた。ぼくの「一角カーブ」以上に変化する球を投げる小学生ピッチャーは、周囲には、いなかった。
ぼくと同い年で、唯一のライバル——神田特球の投げる速球にだけは、正直、手こずらされた。でも神田特球は同じチームの選手だったから、練習試合でしか対決することはなかった。

ランナーとしてのぼくは、盗塁の天才でもあった。
　どんなキャッチャーも、ぼくの走塁を阻止することなどできなかった。ぼくは、相手ピッチャーのスキを衝くことがうまかった。そして、だれよりも足が速かった。
　ヒットで塁に出ると、すかさず2塁、3塁と、連続で盗塁するのがぼくのお約束だった。場合によっては、ホームスチールを決めたこともある。走塁においても、ぼくは、いちばんだった。
　ぼくをアウトにできるキャッチャーなど、いなかった。
　ぼくはチームのエースで、ヒーローでもあった──。

　ぼくと神田特球は、ピッチングでもバッティングでも、チームの中心選手だった。エース争いのライバルである神田特球とぼくは、どちらかが必ず先発ピッチャーとなり、ピンチになったら、もうひとりがリリーフした。ひとりが投げている時、もうひとりは、別のポジションを守った。ふたりとも打たれることは滅多になく、ぼくらは最強コンビだった。
　神田特球のお父さんで、ぼくらの少年野球チームの指揮官でもある神田徳太郎監督は、ぼくをもうひとりの息子のようにかわいがってくれ、誇りにも思ってくれているようだった。

　「ウチのエースは、一角しか考えられんな。特球がエースじゃあ、こんなに勝てなかったやろ。ウチのチームに一角がいてくれて良かった。一角は、名前の通りエースや」

　記憶違いでなければ、ぼくの名前を「エース」と呼んだのは、たぶん、神田徳太郎監督が最初だったと思う。
　監督に言われて、ぼくは初めて気づいた。

ぼくの名前の「英数」は「えいすう」——「エース」とも読めるのだ。そう気づかされて、ぼくは感激した。
　自分は野球チームのエースになる運命の下に生まれついたんだと思った。これは運命なんだ、と信じた。そして、ぼくの運命をデザインしてくれた神様に、心から感謝した。

「ワシの教え子の中から、初めてプロ野球選手が出るかもしれんな。特球はそこまでの器やないが……一角、おまえは大した奴や。将来は、メジャーリーグのエースやな」

　それ以上は望めない完璧な未来を、神田徳太郎監督は夢に魅せてくれた。あまり人をホメない監督の賛辞には重みがあって、ぼくがどれだけ勇気づけられたか、わからない。
　そんなにも完璧な未来へと続く人生のレールの上を走っているなら、どんな練習も、ツラくなかった。どれだけ投げ込んでも、ぼくの肩も肘も、悲鳴のひとつもあげなかった。
　ぼくはタフで、体力も、無尽蔵なほどにあった。
　ぼくはエースで、ヒーローのような奴だった。

　人生において、もしも〈完璧な世界〉のような時期が奇蹟的に存在するなら、ぼくの場合、あの10歳の頃がそれだろう。
　当時のぼくは、天国みたいに幸福な時間の中にいた。
　あの時期だけに限定すれば、すべてが完全に調和している〈完璧な世界〉の中に、ぼくは、たしかに、いたのだと思う。
　だけど……ぼくの〈完璧な世界〉を構成していた精巧な歯車は乱暴にブチ壊され、粉々に砕け散ってしまった。

そして、もう、2度と戻ることはない──。
だれも、時計の針を逆回しにはできないんだ。

10年前の事故のことは、なにひとつ、おぼえていない。
あまりにもショックだから、脳が封じ込めたんだろう。
この〈記憶の封印〉は、解こうとしても解けない。
少なくとも、今のところは、まだ解けない……。
わかっているのは、ぼくが車に轢かれたということ。
その事故によって、ぼくは下半身の自由を喪った。
大好きな野球を、やめざるをえなくなった──。

10年経った今や、あの〈完璧な世界〉は夢のようだ。
ぼくの人生に、あの〈完璧な世界〉は実在したのか？
ひょっとしたら、ぜんぶ妄想なのかもしれない……。

「この世界は、完璧じゃない」

それだけは、自信を持って完璧に言える。
ぼくたちのいるこの世界は、とても不完全だ。
神様なんて、いない。ぼくは断言できる。
ぼくの存在が、それを証明している。
何万回も祈ったよ。返事は聞こえなかった。
だからぼくは、たまに、こんなふうにクチずさむ。
「アイム・イン・アン・インパーフェクト・ワールド」
"I'm in an imperfect world."
ぼくは不完全な世界にいる。

Lesson. 1 *Ray to Ace with Magic Language*

(レイとエース、魔法のコトバで)

1

「この世界には、魔法のコトバがある」
　そう言ったのは、ぼくの父——一角醍醐だ。
　ぼくがハッキリと思い出せる、いちばん古い父のコトバかもしれない。まだぼくが少年野球を始める前のことだ。
　その頃ぼくたち3人家族が住んでいた賃貸マンションの狭い部屋の中、父は、ぼくを笑顔で覗き込んでいた。まだ小さなぼくは両脚を開いて座り、父を見上げていた。
　どういう話の流れで父からそのコトバが出たのだったか、そこまでは、おぼえていない。でも、父が発したコトバは、声の調子までリアルに、いつでも思い出すことができる。

　その瞬間——ぼくの世界が変わった。
　たぶん、ぼくは魔法にかかったんだ。

　子どもの世界は、空想の魔法に満ちている。
　子どもは、いつでもヒーローやヒロインに変身できる。
　ロボットでも飛行機でも、自動車だって飛ばせる。
　積木や砂のお城は、間違いなくホンモノだ。
　子どもが魔法使いに憧れる——わけじゃない。
　子どもは魔法使いを見て、魔法の存在に気づく。
　すべての子どもが実は、最初から魔法使いなんだ。

ただ……父がぼくにかけたのは、そういう魔法じゃない。
　子どもたちの魔法——空想力——とは、ぜんぜん違う。
　もっと生々しくって、リアルな感じのする魔法だった。
　たとえるなら、空想力の魔法で一時的にホンモノになるおもちゃの銃ではなくて、ある日突然、ホンモノの銃を手渡されたかのような、現実的な重みのある感覚だった。

「この世界には、魔法のコトバがある」

　魔法のコトバ——。
　秘密めいた響きが、幼いぼくの心を鷲づかみにした。
　世界の裏側に通じているトビラを開ける秘密の合い言葉を、ぼくだけこっそり教えてもらえたような気分だった。
　どういうこと？　と問い返すぼくに、父は説明した。
「地球上には、とてもたくさんの国がある。それは英数も知っているだろう？　たくさん人がいて、いろんな種類のコトバが世界中で話されている。みんな、同じ人間の仲間なのに、コトバが違うせいで、お互いの意見がうまく通じなくて、そのために、いろんな問題が起きたりする。とても悲しいことだ。この完璧な世界をつくった神様は、どうして世界中のコトバを乱してしまったんだと思う？」
　そんなことを訊かれても、答えられるわけがない。
「うーん……わかんないけど、世界中でコトバがバラバラなのに世界が完璧だなんて、おかしくない？　神様って、ほんとにいるの？」
「英数も大きくなればわかるよ。この世界は、ほんとうに完璧にできている。こんな完璧な世界は、人間にはつくれない。だから、神様はいる——父さんは、そう思う」

のちに少年野球チームでヒーローになった頃のぼくは、神様も運命も〈完璧な世界〉も、ぜんぶ、ひとまとめに信じていた。幼い頃に父から聞いた話があったからこそだ。

「世界中のコトバをバラバラにした神様は、それだけでは終わらせなかった。違うコトバを話す人間同士でも仲良くできるように、神様は、魔法のコトバを用意したんだ」
　昔話でも語って聞かせるような、父の口調だった。
　それは、父が息子の興味を惹くためにつくった、もっともらしいお話なのだ──子どもでも、すぐにそう見破れた。
　それでいてぼくは術中にハマり、興味を示した。

「ねえ……それって、ひょっとして英語のこと？」

　ふと思いついたオチを、ぼくは先に言ってしまった。
　英語は、世界中で通じる。子どもでも知っている。
　たぶんそうなんだろうな、という確信があった。

　父は、ぼくが話の腰を折っても怒らなかった。
　余裕たっぷりに「いいや」と、首を振った。
「英語じゃない。英語も含んでいるけどな」
　そんなふうに言われると、余計に気になった。
「魔法のコトバを使えば、英語をしゃべる人たちと会話できる。英語だけじゃない、フランス語、スペイン語、イタリア語、ロシア語、中国語──どんなコトバで話す人たちとも、会話することができるんだよ……」
　父の話に、ぼくは子どもながら興奮した。

もしもほんとにそんなコトバが存在するんなら、それはまさしく魔法のコトバだ。魔法のコトバなんてものが実在するならたぶん神様はいるし、ここは〈完璧な世界〉だ。
「そんなコトバが、ほんとに……あるの?」
「ある——。日本人には、自分たちでも気づかないうちに、この魔法のコトバを使いこなしている人がたくさんいる。父さんが開発したわけじゃないんだが——父さんは勝手にこのコトバを命名した。英数、よーくおぼえておきなさい。この魔法のコトバの名前はね——」
　思わせぶりに言われて、ぼくは息を呑んだ。

「——キャナスピーク」

ぼくが聞いたことのない音を、父は発声した。
それがどういう意味なのか、わかるはずもない。
ぼくにとって、まさしく魔法のコトバだった……。
魔法のコトバ〈キャナスピーク〉は記憶に刻まれた。

2

　10年前の事故で下半身の自由を喪ったぼくは絶望して、この世界が完璧であるという勘違いを、修正した。
　そんな絶望を味わったあとでも、ぼくが幼児期に父からかけられた魔法は、実は、まだ解けていなかった。
　車イスに頼った生活を始めて数年が経った頃——ぼくがひとりで車イスを走らせ地元京都の大通りを移動していたところに、観光客らしき外国人から話しかけられた。

"Can you speak English?"
（＝あなたは英語をしゃべれますか？）

　それは、のちに何百回も訊かれることになるそのお決まりの質問を、ぼくがひとりで受けた最初の体験だった。
　両親がいっしょにいる時に話しかけられ、父がみごとな〈キャナスピーク〉で応じるのを間近に見たことは何度かあった。でも、その時点でのぼく自身は、小学校高学年と中学校の授業で英語に接し始めていたものの、得意科目というわけではなかった。父から〈キャナスピーク〉を学ぶ前だったし、どう対応していいかわからずに、ただオロオロするばかりだった。ぼくに話しかけてきた外国人は、相手を間違えたという失望した顔で、すぐに去っていった。
　相手の外国人以上に、ぼくは失望させられていた。

あまりにも不完全なぼく自身に、失望していた。
　この世界は間違いなく不完全だ。──とは言え、困っている外国人に答えを返せる人は、いる。たとえば、父もそうだ。
　それができないのは世界が悪いのではなく、ぼく自身の不完全さの問題だろう。
　事故で下半身の自由が利かなくなったのはぼくの責任じゃなく、この不完全な世界のせいだ。でも、ぼくが外国人と話せないのは、単純に、まだ話せる方法を学んでいないからであって、そこまで世界のせいにはできない。
　もしぼくが〈キャナスピーク〉を学べば、少なくとも、このぼく自身の不完全さは、マシになるかもしれない……。
　その思いつきは魅力的な提案だった。
　努力しても、歩けないものは歩けない。でも、努力すれば、外国人と話すことは、できるかもしれない……。
　そう感じた時、幼い頃に父から聞いた魔法のコトバのことが浮かんだ。魔法は解けていなかったのだ。人生を劇的に変えてくれるかもしれない魔法に、ぼくは、すがった。

　ぼくは切実な気持ちで、父に教えを請うた。
　父は快く了承してくれつつも、最初に注意した。
「いいか英数。おまえが希望するのなら〈キャナスピーク〉を教えてあげるが、これは決して正統な語学じゃない──ということを忘れちゃいけないぞ。その場しのぎの裏技としては最高だが、これだけで満足してはいけない。これをベースにして、正統な語学もちゃんと学ぶ必要はあるからな」
　そちらの勉強もちゃんとする──そう誓約するのを条件に、ぼくは父に

〈キャナスピーク〉を教えてもらった。

　ぼくの父——一角醍醐は、京都に地盤を置く中堅の清涼飲料水メーカーで、それなりの地位にある。かつて日本の経済が低迷していた時期に、父の勤める企業も経営不振に陥り、外資に買収されたらしい。いきなり上司が外国人となり、当時の父は慣れない環境で相当に苦労したようだ。その頃には既に、ぼくも生まれていた。職を失うわけにもいかず、父は自分なりに、必死で語学の勉強を始めた。
　結果、父が生み出したのが〈キャナスピーク〉で、その魔法のコトバによって、父は外資系となった企業でも自分の立場を失わず、逆に、地位を高めることができたという。
　昔も今も、父は、よく外国人を家に連れてきた。
　外国人のお客さんと父の会話は、幼いぼくにはサッパリわからなかった。お客さんはアメリカ人やイギリス人だけじゃなく、フランス人や、たしかロシア人もいたと思う。いろんなコトバでしゃべる人たちと笑顔で談笑する父の姿に圧倒されながら、ぼくや母は、ただ愛想笑いをしていた。
　母——一角数代は、父と違って、得意にしている語学はない。それは今でも変わらず、母は英語もできない。
　父が外国人としゃべる場面は、家でも外でも、何度も見たことがあった。だから、父の語学力——つまりは、魔法のコトバである〈キャナスピーク〉を、幼い頃から、ぼくは信頼し、それを操る父に憧れていた。いよいよぼくも〈キャナスピーク〉を教えてもらえるのだと考えただけで、とにかくワクワクしたものだった。

3

　父はMEMO用紙に"Can-a-speak"と書き、まず最初に〈キャナスピーク〉という名称の由来から説明した。
　「アルファベットだと、こんなふうに書ける。わざと文法のルールを破っているので英語とは言えないんだが、この名称は日本語と英語をベースに考え出したものだ」
　臆面もなく、いきなり「わざと文法のルールを破っている」と言われて、幼かったぼくは、かなりビビった。
　正統な語学じゃないという話は、真実のようだ。
　当時のぼくの英語力は、知識以前の「ままごと」レベルで、文法のルールなどと言われても、わからなかった。
　「じゃあ、これは英語としては間違ってるんだね？」
　「ああ。これを英語として成立させるためには、少なくとも真ん中の"a"は取らないといけないな。英語のルールだと、ここに"a"は入りようがないんだ。まあ、そんなことは、今はまだ、まったく気にする必要はない。構わず話を進めると、英語のスピーク（speak）には『人が言語をしゃべっている時の音声』——という意味がある」
　「言語をしゃべっている時の音声？」
　急に難しいことを言われて、ぼくは混乱した。
　「難しく考える必要はない。たとえば、今、父さんと英数は、こうして日本語で会話してるだろう？　日本語のことを、英語ではジャパニーズ（Japanese）と言うんだが、日本語で会話している内容は無視して、と

にかく『日本語と判断される音声をしゃべっている状態』が、スピーク・ジャパニーズ（speak Japanese）と表現されるんだ」
「しゃべってる内容は関係ない──ってこと？ じゃあ、ぼくが前に英語で質問された『キャン・ユー・スピーク・イングリッシュ？』のスピークも、そういうことか……」
「そう。どうして〈キャナスピーク〉という名前にスピークが入っているかと言うと……『音声としての言語』に注目するからだよ。また難しく思えるかもしれないけれど、シンプルに言うのなら──ようするに、音が重要、ってこと」
　説明の表現が変わっただけで、ずいぶん印象が違う。
「ああ……それならわかる気がする」
「乱暴に日本語にするなら『しゃべれる』となるキャン・スピーク（can speak）というコトバの中に"a"を入れて〈キャナスピーク〉と命名したのは、言語の音声をカタカナ（kana）で書く。つまり、カナ・スピークとキャン・スピークを同時に示す〈キャナスピーク〉なんだな」
　父のその答えは、ぼくには、ものたりなかった。
　それこそ子ども騙しというか、拍子抜けだった。
「でも、英語とかの外国語をカタカナで書くのは、わりとよくあるんじゃないの？ ぼくでもよく見るけど……」
　息子にツッコミを入れられても、父は慌てなかった。
　ぼくがそう反応することまで、予想していたようだ。
「たしかに英数の言うような、いわゆる『カタカナ英語』は大昔からある。と言っても、最近の表記法にはいろいろあって、なんでもかんでも大ざっぱに『カタカナ英語』とひとくくりにはできない。よりネイティヴに近いカタカナ表記で正しい発音のイメージをつかんで、そこからさらに正確な発音に近づけていく──というのが、実は、もっとも効率的な英

語習得法なんだ。だから、定評のある最先端の英単語集は、多くのものが、正確な発音記号だけでなく、ネイティヴに近いカタカナ発音も並べて載せている」

「へぇ〜。ちゃんとした学習法なんだね、それ」

父は〈キャナスピーク〉を学んだら正統な語学も勉強して欲しい、と言った。カタカナ英語の話は、それと同じだと思った。カタカナ英語は決して邪道ではなく、まずイメージをつかんで、あとで正確な発音を学ぶステップとして極めて有効な、最先端英語教育では王道の方法論だったのだ。

「〈キャナスピーク〉と命名した理由は、ほかにもある。これは英語に限らず、いろんな言語に当てはまる話なんだが——実際に話をする時、コトバとコトバの音がつながることが頻繁にある。そうした音を正確に表記するためにも、カタカナ英語から進化した〈キャナスピーク〉がある。〈キャナスピーク〉の〈キャナ〉は、カタカナの〈カナ〉の音に揃えただけじゃなく、キャン・ア（can a）の音がつながってキャナ（cana）になったものでもある」

そんな意味もあったのかと、ぼくは驚かされた。

でも、そのあとに、さらなる驚きが待っていた。

「最後に、もうひとつ。〈キャナスピーク〉の最重要の意味は、正確な発音をカタカナで再現不可能な時は、できるだけそれに近い音で表記する——というルールの見本だ。さっき英数も『キャン・ユー〜』とカタカナ発音していたが、実は、英語には『キャン』という音はないんだ」

有名な「キャン・ユー・スピーク・イングリッシュ？」のフレーズは、当時の幼いぼくでも知っているほどだったから、実はその先頭の音からして存在しないと教えられ、ぼくは「ええ〜っ!!」と大声をあげ、思わずのけぞってしまった。

「ウソでしょ。キャン（can）はキャンじゃないの？」

「じゃないんだ。シー・エー・エヌ——キャン（can）と呼ばれている単語の発音は、さらっと流して読む時には、カンかクン。強調（きょうちょう）する時ならケアンで、このケアンの音を日本人にわかりやすく表記したものがキャンなんだ——。まあ、そのケアンという音にしても正確ではなく、キャンよりは正しい発音に近いというカタカナ表記なんだが」

今までぼくが子どもなりに持っていた英語のイメージが根底（こんてい）から覆（くつがえ）される話で、だからこそ印象に残っている。

4

　父によると〈キャナスピーク〉のカタカナ表記は自由度が高く、どんな語学を攻略する武器にもなるのだという。ただし、ぼくが中学校以降の数年間で学ぶ機会があるのは当面は英語だけだろう——との判断から、まずは英語に的を絞って、ぼくは〈キャナスピーク〉を教わることになった。

　父は英語のほかにも、いくつかの主要な言語を〈キャナスピーク〉でそこそこ話せるようだった。と言っても、父はスーパーマンではないので、得意なのは英語で、それに比べると、ほかの言語は、だいぶ実力は劣るらしい。

　事情を知らない人が見れば、ぼくと父は、ふたりで英語の勉強をしているようにしか思えなかっただろう。ぼくとしても英語の勉強をしているつもりだったのだけれど、父は「いや、英語じゃない。これは〈キャナスピーク〉だ」と譲らなかった。

　英語として実際に通用するとは言え、ホンモノに似せたニセ英語なので、満足してはいけない——らしい。

　父の言うこともわかるが、〈キャナスピーク〉は、これはこれでリッパな英語だという気が、ぼくはしていた。

　英語に対応する〈キャナスピーク〉を学び始め、最初に父が教えてくれたフレーズは、今でも、よくおぼえている。

　「英語を話す人たちと会話するために〈キャナスピーク〉をこれから英数が学んでいく際に、きっちり体得できたらいちばん便利なフレーズ

は、なんだと思う？」

そう謎かけされても、答えられるはずがない。

考えてもわからなかったので、ぼくは降参した。

「最初におぼえるのは、ひとつだけでいい。その代わり、今から教えるフレーズだけは、完璧におぼえておくこと。これさえできれば、とにかくなんとかなるからな……」

そう前置きしたあとで、父がぼくに教えてくれた記念すべき〈キャナスピーク〉の最初のフレーズは——

「プリーズ・スピーク・モー・スロゥリ」
"Please speak more slowly."
(＝もう少し、ゆっくり、しゃべってください)

「このフレーズには４つのメリットがある。まず、こちらが英語を一応は知っている人間であると示せること。それと同時に、でも、ネイティヴのナチュラル・スピードだと完璧に聴き取ることはできない程度の、そこそこの英語力だと示せること。それによって、相手が早クチになりすぎないように、しゃべるスピードをセーブできる。さらに、相手が難しすぎる表現を自制するように、牽制できる」

狙いを聞かされると、ぼくはナルホドと感心した。このフレーズだけは、なにがあっても、絶対に忘れないようにしなくちゃな——と、ぼくは肝に銘じて記憶に刻んだ。

実際、そのフレーズは以後、無数に使い続けている。

そのフレーズには、父からの注意事項が少しあった。

「カタカナ英語だとモア・スローリー（more slowly）と表記されるのがふつうだが、〈キャナスピーク〉的には、モアではなく、モーと伸ばす。

逆に、スローリーのほうは語尾を伸ばさず切り、スローではなくスロゥと発音する。そうすれば、カタカナでも、かなりネイティヴっぽい」
　そう発音するとネイティヴっぽくなるのは、本来の発音記号にできるだけ似せたカタカナ表記だから、らしい。
　ちなみに、同じフレーズを以下のように言い換えることも可能だが、最初は基本形だけおぼえるように言われた。
　（それぞれのフレーズごとの違いも、のちに教わった）

"Speak more slowly, please."
"Can you speak more slowly?"
"Will you speak more slowly?"
"Could you speak more slowly?"
"Would you speak more slowly?"

　どれも"speak more slowly"が含まれるのが共通点。
　だからと言って「スピーク・モー・スロゥリ」とだけ言うと命令文になるので気をつけるように、注意された。
　そうして「プリーズ・スピーク・モー・スロゥリ」から壮大な〈キャナスピーク〉の勉強を始めたぼくは、重要なものから順番に、少しずつ着実にフレーズを吸収していった。
　道で外国人に話しかけられても途方にくれることはなくなり、ほとんどの場合、答えを返せるようになった。
　車イスに頼った生活をしているぼくにとって、この世界が不完全であるという確信は揺るぎないものだったが……そんな世界の中にあっても、自分がだれかの役に立てた時には、とてもしあわせな気分で、強い充足感を味わえた。

障害者であるぼくは、自分ひとりのチカラでは、どうしても生きていけない。こんなふうになってしまった当初は自分の運命を呪いもしたけれど、この不完全な世界には、そもそも運命なんてない——これは不幸な偶然だったんだと絶望することで、逆に前向きになることができた。

　ぼくが毎日ブジに過ごすことができているのは、今まで支えてくれた無数の人々の善意があったからだ。そうした善意に守られてぼくは育ってきたから、世界を呪い続けることはできなかった。この世界は間違いなく不完全だけれど、ここには素晴らしい人たちが、たくさんいる。

　それだけでも、なかなか捨てたモンじゃない。

　この不完全な世界も、これはこれで愛しい。

　不完全だから、こんなにも愛しいのか？

　ぼくも、だれかのチカラになりたい。

　ぼくも、だれかの役に立ちたい——。

　そんな衝動をぼくは抱えていたから、おのずと〈キャナスピーク〉の勉強にはいつも気合いが入ったし、父が驚くほど、どんどん知識を吸収していくことができた……。

　そうして歳月は流れ、ぼくがハタチになる今年——あの事故以降で最大の変化を、ぼくの人生は迎えつつある。

　わが家に外国人が、ホームステイにやってくるのだ。

　父が勤めている外資系企業からの紹介で、今年わが家が迎え入れることになったゲストは、ニューヨークで生まれ育った、ぼくと同い年のアメリカ人の青年らしい。

彼の名は、レイモンド・クオーツ（Raymond Quartz）。
　〈キャナスピーク〉の表記でネイティヴっぽい発音を再現するなら「(ゥ)レイマンド・クゥオーツ」となる。
　最初の(ゥ)は「ゥ」と言うつもりで「ゥ」のクチをしてから、「レイ」と言うことを示している。これは英語では重要な「ゥ」のクチから巻き舌をする"R"の発音だ。なので「(ゥ)レイ」の「レ」は巻き舌にする必要がある。
　また日本人になじみのある表記に戻して、そのクオーツくんは、私費留学という形で、わが家（一角家）のすぐ近所の京都大学に、今年の1月から12月まで丸1年間、留学するらしい。京都大学に不合格になって大学進学をあきらめたぼくはちょっとだけビミョーな心境だけれど、クオーツくんに対してコンプレックスを抱くほどではない。父の会社がわが家をクオーツくんのホームステイ先に選んだのは、受け入れ可能な社員の中で、特に大学に近いからだろうか？
　留学、と言えば、日本かアメリカの新年度——4月か9月から始まるような印象が、ぼくにはあった。実際そうしたケースが交換留学などでは多いらしいけれど、父によると1月から12月という1年間留学も、わりとあるそうだ。
　京都はとにかく外国人が多いから、これまでにも外国人と短い会話を交わす機会は無数にあった。
　でも、1月から12月までの丸1年間——ひとつ屋根の下で外国人と暮らすというのは未体験なので、まったく予想ができない。
　今年1年間、どんな物語がぼくを待っているのか？
　ドキドキしながら、ぼくは、ゲストを——レイモンド・クオーツくんを出迎える。

5

新しい年が始まり、早くも1週間が過ぎ去った……。
いよいよ、レイモンド・クオーツくんが、やってくる。
幸い、1月8日は雲ひとつない気持ちのいい快晴だった。
ただし空気は刺すように冷たく、吐く息が白く見える。

1997年に完成した京都駅ビルは、駅ビルとして国内では最大級の総床面積を誇るマンモス・ステーションである。
京都駅に日本最長のホームがあるのは有名だけれど、駅は格別に巨くはない。東側にホテルグランヴィア京都と京都劇場が——西側にジェイアール京都伊勢丹が——複数の建物が連結した複合ビルだから、スケールが巨いのだ。
京都駅ビルの正面玄関——JR中央改札口、その真正面に広がる中央コンコースは新年から間もない今日もいつもの通り、世界中から集まってきた観光客で賑わっている。
日本最大の観光都市の玄関口は、平日や休日に関係なく年中無休で観光客たちが行き交っている。国内はもちろんのこと、外国からの観光客も、かなりの数になる。
中央コンコース付近のガラス天井は地上から50メートル近くにあり、たくさん人がいても、とても解放感がある。
西のジェイアール京都伊勢丹側には、京都駅ビル名物の大階段へと通じるエスカレーターが——東側には、ホテルグランヴィア京都へ通じ

るエスカレーターが——それぞれ延びている。
　東西両側を大エスカレーターに挟まれた中央コンコースは、巨大な谷の見通しのいい盆地のようだ。
　そんな中央コンコースのJR改札正面——地下街へと通じるふたつのエスカレーターの中間あたりに車イスを止めて、ぼくはゲストの到着を待っていた。膝の上に両手で抱えた画用紙に、ゲストへのメッセージが書いてある。

"Welcome to Mr. Raymond Quartz."
（レイモンド・クオーツさん、ようこそ）

　ぼくを京都駅まで送ってくれた母は、車を駐車場に停めて、デパートで買物をしている。ひとりでゲストを出迎えるのは、ぼく自身の強い希望だった。同い年のゲストを迎えるのにあたって、1対1のほうがいいような気がしたのだ。

　ゲストを待つ10数分は、待ち遠しい時間だった。
　重装備なので、さほど寒さも気にならなかった。
　どんなゲストが現れるのか、ぼくは、楽しみで楽しみで仕方なかった。なぜかふしぎなほど、不安はなかった。
　たくさんの乗客を吐き出し続ける改札口を見つめているぼくは、静かな時の中にいた。まわりの喧騒は、ぼくの耳には入らなかった。とても落ちついた世界で、ぼくは待ち続け——そして、ほとんど時間通り、彼が姿を見せた。

　その瞬間——

ぼくの見ている映像が、スローになった……。
　ダウンジャケットを着てリュックを背負い、車輪つきの大きなトランクを片手で引きずる青年に目がいった。
　少し緊張した表情で、改札から出てくる若者。
　ひとめ見た瞬間から、彼がゲストだとわかった。
　ぼくは直感的に、ふしぎな確信を抱いていた。
　アメリカ人にしては身長は低く、車イスから立ったぼくと、せいぜい同じくらいだろうか。ダウンジャケットのせいで体格が良く見えるけれど、案外、細身である気もする。天然パーマの金髪、きめの細やかな白い肌、澄んだブルーの瞳、長いまつ毛──わが家のゲストは絵に描いたような美青年で、思わず見とれてしまったほどだ。
　直感的に彼がゲストだと思ったのは、この子がゲストであったらいいのにな──という、ぼくの無意識の願望もあったのかもしれない。
　その金髪の美青年は、改札のほぼ正面にいたぼくにすぐ気づき、"Oh!"というクチをして、笑顔になった。
　そして、ぼくのほうへ──歩み寄ってきてくれた。
　やっぱり、彼がレイモンド・クゥオーツくんだ。

「コニチワ！　イッカクサン、デスカ？」

　たどたどしくも、充分に意味の通じる日本語だった。
　それが記念すべき彼の第一声となった。声も綺麗だ。
　こちらも、さっそく〈キャナスピーク〉を返す──。

**「イエァ。ハァイ、ミスタ・(ゥ)レイマンド・クゥオーツ。
　　ウェゥカム・トゥ・キョゥトゥ！」**

"Yeah. Hi, Mr. Raymond Quartz.
        Welcome to Kyoto!"
(=そうだよ。やあ、レイモンド・クオーツさん。
        京都へ、ようこそ!)

　日本語の「こんにちは」は「ヘロゥ (Hello)」のほうが近いようだけれど、ぼくはレイモンド・クオーツくんへの親しみを込め、気安い感じで「ハアイ (Hi)」と声をかけた。
　完全に同じであるはずはないとしても、日本語の「こんにちは」は"Hello." で「やあ」が "Hi." だと考えれば、違いは、わかりやすい。これも父に教えられたことだ。
　ちなみに、イギリス英語では「ハロゥ」と発音するそうだ。今のぼくは、アメリカ英語「ヘロゥ」でいい――。

　先に相手の名を呼んだので、次に、ぼくが名乗った。

「**アイム・グレアットゥ・ミーチュ。**
        マイ・ネイミズ・ヒデカズ・イッカク。
"I'm glad to meet you.
        My name is HIDEKAZU IKKAKU."
(=きみと会えて嬉しいよ。
        ぼくの名前は「一角英数」)

　グレアド (glad) は「嬉しく思う」という意味で、英語の決まり文句アイム・グレアド〜 (I'm glad〜) は「〜を嬉しく思う」――この場合は「トゥ・ミーチュ (to meet you =きみと会うこと) を嬉しく思う」となる。

グレアド（glad）と、それに続くトゥ（to）が並ぶと音がつながり「ド」が消えグレアットゥ（glad to）となる。同じように、ミート（meet）とイゥ（you）がつながってミーチュ（meet you）に、ネイム（name）とイズ（is）がつながるとネイミズ（name is）——となる。ちなみに"you"はユーではなく、イゥのほうが正確な発音に近い。

　日本語の「はじめまして」に対応する英語の挨拶として有名な"Nice to meet you."も"Happy to meet you."も、「トゥ・ミーチュ」を喜んでいるのは同じだ。
　ぼくは「トゥ・ミーチュ」の喜びをハッキリ強調したくて、「アイム・グレアド」の言い回しを選んだ。
　ほかに定番の「はじめまして」には"How do you do?"があるけれど、父によると、実際のあいさつでは、ほとんど使われないらしい。
　相手に"Nice to meet you."と言われた場合、こちらは"Nice to meet you, too."と"too"をつけなくてはいけない。"How do you do?"なら、相手と同じく"How do you do?"と返すだけでいい。

　外国人に名乗る際、東洋式に名字を先に言うのも最近では定着しているけれど、ぼくは、わざと西洋式に名乗った。
　レイモンド・クオーツくんは、ぼくの名字が「一角」だと、もう知っている。だから下の名前を先に持ってくることで、彼にぼくの名前を強調したい——という気持ちも強くあった。
　クオーツくんは「ヒデカズサン、デスネ？」と、幸いにも、1度でうまく聴き取ってくれた。それも嬉しかった。
　と言っても、アメリカ人には「ヒデカズ」という音は発音しにくい。彼にどう呼んでもらうか、ぼくは決めていた。

ぼくにとって特別な意味を持つ、あの名前だ——。

「プリーズ・コーゥ・ミー・エイス。
　　　　イッツ・スペゥド・エー・シー・イー」
"Please call me Ace.
　　　　It's spelled A-c-e."
(=ぼくを「エース」と呼んで。綴りはA-c-eだよ)

クオーツくんは"Ace?"と驚いた。
驚きながらも「ナゼ、エース、デスカ?」と日本語で訊き返してきたのには、ぼくのほうこそ驚かされた。
反射的に日本語をアウトプットできる、ということは、クオーツくんは相当、日本語を勉強しているはずだ。
それはそれで助かるけれど、日本人のぼくががんばって英語を話して、アメリカ人のクオーツくんが必死で日本語を話して会話が成立しているのは、なんだかおかしい。
クオーツくんの「ナゼ、エース、デスカ?」という質問は英語ではシンプルにフワイ・エース(Why Ace?)で充分だろう。最初だから、ここは、ちゃんと答えておこう。

「ヂェアパニーズ・カンジ・ネイムズ・イゥジュアリ・ヘアヴァナザ・プラナンシエイシャン。イン・ケイサヴ・ヒデカズ、イッツ・エイス」
"Japanese kanji names usually have another pronunciation. In case of HIDEKAZU, it's Ace."
(=日本人の漢字の名前は、ふつう、別の読みがある。
　　「英数」の場合、それは「エース」なんだ)

ここでは、所有のヘアヴ (have) と、「もうひとつ」を意味するアナザ (another) がつながって、ヘアヴァナザ (have another) に、場合のケイス (case) は次のアヴ (of) とつながり、ケイサヴ (case of) となった。イン・ケイサヴ〜 (in case of〜) で、「〜の場合は」だ。

プラナンシエイシャン (pronunciation) は、ふつう「発音」の意味だが、この文脈では「読み」として使える。

ぼくの説明に、クオーツくんは笑った。

"You're Japanese, aren't you? But you have
   the English name, too. Interesting... That' s funny!"
(=きみは日本人だよね？　でも、きみは英語の名前も持っている。
　　　　　　　興味深い……。そいつは愉快だ！)

クオーツくんの綺麗な顔は、笑うと少年みたいだ。
彼の笑顔を見るだけで、ぼくも、なんだか嬉しい。
このまま彼のファンになってしまいそうになる。
おかしそうに笑う彼に、ぼくは大切な質問をした。

「フワット・シュダイ・コーリュ?」
"What should I call you?"
(=ぼくは、きみをどう呼べばいい？)

シュド (should) は「〜したほうがいい」という意味で自分のアイ (I) とつながって、シュダイ (should I) に。呼ぶ意味のコーゥ (call) とイゥ (you) は、コーリュ (call you) に。それぞれ音がつながることで変化する——。

その重要な質問に、クオーツくんは、英語と日本語の両方で答えてくれた。

"Please call me Ray."
「レイ、ト、ヨンデクダサイ」

名前がレイモンドの場合、一般的な通称(つうしょう)は「レイ」だから予想の範囲内(はんいない)だったけれど、正式に呼び名が決まると、いよいよ彼との関係が始まる——という実感が湧(わ)いてくる。
「オーケイ。よろしく、レイ」
わざと日本語で言うと、レイモンド・クオーツくん——レイは嬉しそうに笑顔を返してくれた。
ぼくたちは握手(あくしゅ)を交わした。
それが、これから1年間ずっと京都を舞台(ぶたい)に続いていくはずの、ぼく一角英数と、通称「レイ」——レイモンド・クオーツくんとの、記念すべき初対面(しょたいめん)の会話だった……。

6

　レイが降り立った関西国際空港から京都駅までは直通の特急「はるか」で75分だけれど、それ以前の疲れを考えると、ぼくは新しい友人の体調を心配すべき立場にあった。

**「(ゥ)レイ、イゥ・マスビ・イグゾースティド。
　　　　アーンチュ・サファリン・フラム・ヂェットレアグ」**
"Ray, You must be exhausted.
　　　　Aren't you suffering from jet lag?"
(=レイ、きみは、くたくたに疲れてるだろ。
　　　　時差ボケはツラくないかい?)

　マスト (must) とビィ (be) でマスビ (must be)。
　イゥ・マスビ〜 (You must be〜) は「あなたは〜に違いない」の決まり文句。ビィ・イグゾースティド (be exhausted) は「くたくたに疲れきっている」の意味で、単なるビィ・タイアード (be tired)「疲れている」よりも疲労度がはるかに大きい時には、よく使われる。

"You must be Raymond Quartz."
(=きみがレイモンド・クオーツだね?)

　のような使い方も、イゥ・マスビ〜で可能だ。

サファリン・フラム〜（suffering from〜）は「〜で苦しむ」。ヂェットレアグ（jet lag）は「時差ボケ」。

ぼくからの問いかけにレイは日本語で「ダイジョウブ、デス。トテモ、ゲンキ」と、満面の笑みで答えた。
たしかに、彼の表情には疲労よりも興奮のほうが色濃く出ているように見えた。つよがりでもないようだ。

「フワイ・ドンウィ・ルゥッカラウンド・ヒァ？」
"Why don't we look around here?"
（＝このあたり、見て回ろうか？）

これも決まり文句。フワイ・ドンチュ〜（Why don't you〜?）が「きみは〜したら？」の意味であるのに対して、フワイ・ドンウィ〜（Why don't we〜?）は「ぼくたちで〜する？」と、レッツ〜（Let's〜）に近い形だ。
アラウンド・ヒァ（around here）は「このあたり」でルゥク（look）「見る」と組みあわせると「このあたりを見て回る」——ルゥッカラウンド・ヒァ——となる。

"Sure. That sounds nice!"
（＝ぜひ。それは最高だね！）

よほど嬉しかったのか、レイはまず反射的に英語で喜んでから「オネガイシマス」と律儀に日本語を添えていた。
コンコースのコインロッカーにレイが荷物を押し込んでいるあいだに、ぼくは母のケータイに連絡した。ふたりで少し近くを見て回るつもり

だと説明すると、母は「あら。もう仲良くなったのね」と、とても嬉しそうだった。

　適当にタイミングを見計らってぼくが少し早めに連絡すれば、駐車場から車を回して迎えにきてくれるという。

　レイも疲れているだろうから、あまり連れ回しすぎないように——それだけ念を押されて、母と通話を終えた。

　コインロッカーに荷物をしまって身軽になり、気持ちのいい笑顔で戻ってくるレイに会釈を返しながら、これからどうしようか……ぼくは、少し考えを巡らせた。

　京都駅ビルの名所、と言えば、中央コンコースからジェイアール京都伊勢丹側にエスカレーターを上がりきった室町小路広場の前に絶壁のように聳えている大階段だろう。伊勢丹のフロアでは4階部分から最上階11階部分に相当する大階段の段数は、たしか171段。高低差は約30メートルらしい。

　室町小路広場では1年間を通して、コンサートやお笑いライヴなどのイベントが、頻繁に開催される。そうした際には、大階段が、そのまま観客席になる。イベントのない日でも休日などは特に、たくさんの人が大階段でくつろぐ。

　大階段を、さらに上がりきった先——伊勢丹の屋上部分には、北と南と西の方角をはるか彼方まで見渡せる、大空広場という名の、とても開放的な憩いの空間がある。

　一般的な話として、京都駅ビルの見どころを網羅するには中央コンコースからエスカレーターで室町小路広場へ上がり、そこから大階段をエスカレーターで上がりきる。屋上の大空広場で眺望を楽しんだあとは広場をまっすぐ西へ抜け、ヘリポートがガラスの向こうに見える出入

口から伊勢丹に入り、最上階のひとつ下の10階から、空中径路（けいろ）と呼ばれるガラス張（ば）りの空中の通路へ進む動き方がいい。

　伊勢丹の10階から宇宙船内の通路を思わせる無機的（むきてき）で近未来的なデザインの空中径路を進むと、通ってきた大階段と中央コンコース方面を両側の眼下（がんか）に見ることができる。

　最初は北東方向へ延びている空中径路を角まで進むと、今度は通路がまっすぐ東西に延びる区間へと入る。この区間は中央コンコースの真上――地上45メートルのところに位置し、展望（てんぼう）スペースも設（もう）けられている。真正面の京都タワーほか京都駅ビル北側に広がる景色（けしき）を遠くの山まで見通せる。

　京都駅の中央コンコース頭上を通過して東西に走っているこの空中径路を東の終点まで渡りきることで、駅ビル東端（ひがしはし）を構成するホテルグランヴィア京都と京都劇場のあるエリアまで移動したことになる。

空中径路の東側つきあたりから大エレベーターを降りたところにも広場があり、さらに何度かエスカレーターを乗り継いで降りれば、最初にいた中央コンコースへ、東側からの下りで戻ることになる。

　——というのが一般的には理想の動き方だと思う。
　ただし、それは歩行に不自由のない健常者の場合だ。
　ぼくのように車イスでの移動の場合、事情が異なる。

　大階段はジェイアール京都伊勢丹の４階〜11階のフロアと各階で通じているので、伊勢丹の中を移動することで、大階段へは出られる。と言っても、もちろん、車イスでは大階段やエスカレーターを上がれない。そして、大階段の先にある大空広場は、エレベーターでは上がれない。ぼくも上がったことはあるけれど、独力では、とてもムリだ。

空中径路の西側は伊勢丹と通じているので、車イスでも問題ない。ただ、東側にはエスカレーターしかないから、そちらからは車イスで上り降りすることはできない。
　京都駅ビルの理想的なコースを回るのには、ぼくの場合、どうしても助けがいる。ニューヨークから京都まで長旅を終えたばかりの初対面のレイは、とても頼れない……。

　中央コンコースの真下――地下１階の地下コンコースには喫茶店や、いくつかのみやげ物屋や売店が――。さらにコンコースとなりから地下２階まで３フロアに亘る京都駅ビル専門店街〈ザ・キューブ〉があり、どちらの階も伊勢丹の地下街と通じている。
　また、地下２階の〈ザ・キューブ〉は、京都駅前一帯の地下にある、広大な京都駅前地下街〈ポルタ〉と通じている。中に地下鉄京都駅の改札口もある地下街〈ポルタ〉は、喫茶店やレストランも含め、さまざまな業種の店舗が無数にあり、京みやげを買うには不自由しない。
　地下街〈ポルタ〉では、地下鉄改札口あたりを中心に、地下道が、ほぼまっすぐ南北に延びている。地下道の南は、アバンティFISMY京都というショッピングビルまで――北は京都タワービルや、その向こうまで通じている。
　――と、あたまの中で駅周囲の見どころを整理したことで、ぼくはレイを誘う最初の目的地が浮かんだ。

「(ゥ)レイ、ドンチュ・ウオンチュ・ゴゥトゥ・キョウトゥ・タゥア？」
"Ray, don't you want to go to KYOTO TOWER?"
（＝レイは京都タワーに行ってみたくない？）

ゥオンチュ〜 (want to〜) は「〜したい」という意味で、英語のネイティヴの人たち——特にアメリカ人は会話ではよく省略形のゥワナ〜 (wanna〜) も使うようだ。

ゴゥトゥ〜 (go to〜) は「〜に行く」で、重要なのは、目的地に必ず着くことを前提にしている点だろう。

トゥ (to) は、向きあうことを意味するからだ。

着ける確証がない時、トゥ (to) は使えない。

"KYOTO TOWER? Of course, I wanna go!"

(=京都タワー？　もちろん、行きたいよ!)

「エイス、イキマショウ!」

英語で応えるだけでなく、ちゃんと日本語をつけ加えるレイに感心してしまう。ぼくの提案に、レイは顔を輝かせていた。

「オゥケイ。レッツ・ゴゥ・タゲザ」

"Okay. Let's go together."

(=よし。いっしょに行こう)

ぼくはレイをうながして、車イスを駅の外へ向けた。

中央改札口の正面からビルの外へ出ると、すぐ目の前に、20を超すバス停留所が並ぶ京都駅バスターミナルに出る。ここから京都の主要観光地へ、どこへでも行ける。どの停留所も、多くの人たちが順番待ちの行列をつくっている。

バスターミナルのすぐ向こうに、通りを１本挟んで、京都タワービルが蒼空を背景に天を衝いて聳えている——。

バス総合案内所の建物をあいだに挟んでバスターミナルの東側には、タクシー王国の京都らしく、100台を超すタクシーが整然と行列をつくり、猛烈な勢いで回転している。
　そうした光景を、レイは興味深そうに観察していた。
　京都タワービルへ地下街〈ポルタ〉と地下道を通って行くことも可能だけれど、エレベーターで上り降りするほうが時間がかかるし、今日は幸いにも気持ちがいいほどの快晴なので、ぼくは迷わず地上から行くことにした。

「イッツァ・ヴェリ・ファイン・デイ・タデイ、イズニ？
　　　　ズォゥ・イッツァ・リトゥ・コーゥド」
"It's a very fine day today, isn't it?
　　　　Though it's a little cold."
(＝今日は、とっても晴れてるよね。
　　　ちょっと寒いけれど)

　天気を表すのは、たいていイッツ (it's) になる。
　ファイン (fine) は晴れ。最後の〜イズニ？（〜isn't it?）は「〜だよね？」と相手に確認したい時につける。少し前にレイが言った"〜aren't you?"も、同じ形だ。
　ズォゥ〜 (though〜) は「〜だけれども」で、よく似たオーゥズォゥ〜 (although〜) も、ほぼ同じ意味だ。
　ア・リトゥ (a little) は「少し」の程度を示す。

　レイは「ソウデスネ」と日本語で答えたあと、少し考えるような顔をして、急に英語で問いかけてきた。

"Ace, Do you mind if I push your wheelchair?"
(=エース、ぼくがきみの車イスを押したらダメかな？)

突然の予期せぬ申し出に、ぼくは固まってしまった。
なにか返事しなきゃと気づき、慌ててコトバを探す。
"Do you mind〜" 文は、ちょっとだけ注意を要する。
英語の問いかけに対して "Yes." か "No." で答えるのは時に厄介だと言われる。肯定文で訊かれる時と、今日のぼくもクチにした否定文での質問の2パターンあるからだ。
たとえば、先ほどの会話を例に採ると――

"Aren't you suffering from jet lag?"
(=時差ボケはツラくないかい？)

レイは日本語で答えてくれたけれど、もし英語で答えるなら、ツライ場合は "Yes, I am."（うん。ツライよ）で、ツラくない場合は "No, I'm not."（いいや、ツラくないよ）と答えることになる。これを日本語の発想で考えると「ツラくないかい？」の質問に "Yes." だから、「ツラくない」となるはずだ。でも、英語では逆の意味になる。
英語の否定文で質問された時、理屈で考ようとすると、肯定と否定のどちらで答えればいいか迷ってしまう。
ぼくも、その問題には何度も悩まされた。だけど、実は、この問題の単純で明快な解決策を、父が教えてくれた。
難しく考えることはなかった。肯定文・否定文の形式を忘れて、訊かれている内容にだけ、集中すればいい。

今の例文を、肯定文と並べて考えてみる。

"Aren't you suffering from jet lag?"
(=時差ボケはツラくないかい？)
"Are you suffering from jet lag?"
(=時差ボケはツライかい？)

　まったく正反対のことを質問しているようだけれど、実際は、どちらの例文も、時差ボケがツライかツラくないかを訊いている。質問している内容自体は、同じなんだ。
　だから、質問文の形式にはこだわらずに、ただツライかツラくないかだけ考え、"Yes." か "No." で答えればいい。

　ツライなら→ "Yes, I am."（ツライよ）
　ツラくないなら→ "No, I'm not."（ツラくないよ）

　肯定文で訊かれても、否定文で訊かれても、こちらが答える英文の形は、どちらも、まったく同じなのだ。
　英語の質問に "Yes." と "No." のどちらで答えるか、という悩みへの対策は、これでほぼすべてクリアできる。
　当てはまらない例外は、ただひとつだけ——。
　それが、マインド（mind）の出てくる英文だ。
　名詞としては「心」や「精神」——「記憶」や「意見」などの意味があるマインド（mind）には、動詞としては「気にする（イヤがる）」という最重要の意味がある。
　だから "Do you mind〜?" 文は事情が変わる。

わかりやすい例として——

"Do you mind if I smoke?"
(ぼくがタバコを喫ったら、きみはイヤがる?)

という質問には、ふつうの答えの時とは逆に、イヤがる時に "Yes."、気にしない時に "No." と答える必要がある。
　レイの "Do you mind if I push your wheelchair?" という質問は「ぼくがきみの車イスを押したら、きみは気にする(それをイヤがる)かな?」と訊いている。
　イヤがる気持ちなんて、あるはずがない。
　だからぼくの答えは——

「ノゥ。アヴクオース・ナッ。アイドンマイン。
　　　バット、(ゥ)レイ、アーユ・シァリャス?」
**"No. Of course, not. I don't mind.
　　　But, Ray, Are you serious?"**
(=いいや。もちろん、ぼくは気にしないよ。
　　　でも、レイ、きみは本気?)

　レイは「モチロン、デス」とうなずくと、さっそくぼくの後ろに回り込み、車イスを押し始めた。
　たとえ信頼する人でも、はじめて車イスを押してもらう時には、いつも緊張する。でも、レイの時には、ふしぎと緊張は小さくて、初対面なのに安心感さえあった。ひとめ見て、この子は信頼できる——という確信があったのかもしれない。

車イスを押すのには、意外にコツが要る。方向を定められなかったり、ついスピードを出しすぎて段差でつまずいたりするので、気をつけてもらうべきことが多くあるのだ。レイは、最初からうまく押してくれた。過去にも何度か経験があるようだ。

目的地の京都タワービルはすぐ目の前に見えているので、道を教える必要もない。

「(ゥ)レイ、アイ・(ゥ)リアリ・アプリーシエイティ」
"Ray, I really appreciate it."
(=レイ、ほんとに感謝してるよ)

レイは "Never mind."（気にしないで）と言った。
日本語でも相手を励ます時に「気にしないで」の意味でドンマイ（Don't mind.）などと言う。でも、英語にはその使い方はなく、ネヴァマイン（Never mind.）となる。

7

　京都駅に到着して方角のわからない観光客は、駅ビルを出て、京都タワーを見ればいいだろう。駅ビルから見ると、京都タワーのある方角が真北だ。
　バスターミナルを横目に２〜３分も歩けば、すぐ通りへ出る。
　横断歩道を渡ると、そこはもうビルの出入口だ。
　京都タワービルの京都駅側の南向きの壁面には、上のほうの階には〈KYOTO TOWER HOTEL〉と──下のほうの階には〈京都タワー名店街〉と──文字板が見える。ビルの下のほうの階は名店街や、本屋や銀行などの店舗が入っている。で、5階から9階までが京都タワーホテルだ。
　1階の名店街では、各種おみやげが販売されている。
　京都名物の和菓子・八ツ橋や、キーホルダーやＴシャツなどといった、お決まりの記念品である。日本人にとっては見慣れたおみやげが多いけれど、レイには、なにもかもが新鮮だったようだ。ぼくの車イスを押してくれながら、レイは、少し歩いては立ち止まり、興奮した声をあげていた。
　荷物をコインロッカーにしまっていたレイだが、ちゃんと財布は持参していた。ぼくに断りを入れて、いくつかのおみやげを購入していた。京都タワーのマスコットである〈たわわちゃん〉は特に気に入っていて、"That's nice!　So cute!"（これはイイな！　とってもカワイイよ！）と嬉しそうな顔になり、同意を求め、ぼくを覗き込んだ。

ビル1階にある展望券売場で、チケットを購入した。
　これから日本の大学生となるレイも、まだ学生証は発行されていない。大学生も大人も同じ料金なので、レイは、大人のチケットを購入していた。税込で770円。ぼくは障害者手帳があるので割引で、税込350円。チケットには〈たわわちゃん〉のイラストが入っていて、それをレイが喜んでいて、なんだか微笑ましかった。
　チケットには、京都タワービル地下3階にある大浴場の割引券もついていた。京都タワー観光と大浴場という組みあわせが、レイは、ふしぎそうだった。
　京都タワービルの地下3階には「駅前温泉」と謳われた大浴場があり、ホテルの宿泊客でなくても料金を支払って利用できるのだが、ぼくは中まで覗いてみたことはない。
　同じく地下3階にあるゲームセンターは、いつ行ってもだれもいないという話を聞いて、行ってみたことがある。ぼくが行った時も、たしかに、だれもいなかった。
　だれもいないゲームセンターは、静まりかえった空間にゲームの電子音だけが響いていてなんだか居心地が悪く、なにかに追われるように帰ってきたのをおぼえている。
　まあ、ゲームセンターや大浴場は、今は関係ない。
　展望券売場にいた制服を着た女性の係員に案内されて、ビル1階奥にあるエレベーターで11階まで上がった。
　エレベーターの中に〈ALL JAPAN SIGHTSEEING TOWERS 日本の観光タワー〉という題のポスターが貼られていた。日本地図に番号が振られ、各地にある観光タワーが、写真つきで載っている。「このポスターは当ビル1階展望券売場で販売しています」と、注意書きがある。如才ない、さりげない商売っけだ。

エレベーターを待っているあいだ、チケットといっしょにもらったパンフレットに、ぼくは目を通していた。内容は忘れていたけれど、数年前、両親と京都タワーに来た時にもパンフレットは見たことがあるはずなので、なんとなく見おぼえがある。
　英文のないパンフレットなので、ざっと説明した。

「アクォーディン・トゥ・ズィス・ブロゥシュア。
キョウトゥ・タウァ・イズン・メイダヴ・エニ・スティーゥ・フレイムズ」
**"According to this brochure,
　　　　KYOTO TOWER isn't made of any steel frames."**
(このパンフレットによると、
　　　　京都タワーには、まったく鉄骨が使われていないんだって)

　アクォーディン・トゥ〜（According to〜）は「〜によると」という決まり文句。ブロゥシュア（brochure）は「小冊子」などのパンフレットのことで、スティーゥ・フレイム（steel frame）は「鉄骨」だ。
　イズ・メイダヴ〜（is made of〜）は「〜からつくられている」という意味の表現。重要なのは、原材料が本質的に変わらない場合に使われる、ということ。鉄骨は材料として使われても、鉄骨としての状態は変わらない。だからイズ・メイダヴ〜（is made of〜）の表現になる。これがたとえばミルクからチーズがつくられるように、原材料の性質が変わる場合は "Cheese is made from milk." と、イズ・メイド・フラム〜（is made from〜）になる。
　ぼくの説明にレイは "Oh, really?"（へえ、ほんと?）と軽い驚きを味わっていたが、エレベーターの中では、壁に貼られたポスターを見るのに集中しているようだった。

こうしたモニュメント的な塔状建築には、鉄骨が使われることが多いようだ。たしかに、エッフェル塔や東京タワー、大阪の通天閣などは、明らかに鉄骨でつくられている。
　パンフレットによると、京都タワーは鉄骨の骨組ではなく、特殊鋼板の円筒を溶接でつなぎあわせているらしい。灯台をイメージしているという、ロウソクにも似た巨大なボウリングのピンを思わせる独特の外観は、そうした建築工法でつくり出されていたのだ。
　溶接されたひとつながりの塔だとは言え、台風や地震には強く設計されているらしい。1995年の阪神・淡路大震災ではここ京都も激しく震動し、京都タワーも肉眼でハッキリわかるほどに大きく揺れたそうだ。目撃した話として、駅近くに住むお年寄りから聞いたこともある。
　揺れやすい建物のほうが、実は、地震のチカラは分散しやすい、ということだろう。京都には、いくつかの五重塔がある。五重塔も、地震に耐えるために、わざと揺れやすくつくられている——そう父に教えられたことがある。
　そう言えば、この京都タワーは、タワー部分の長さだけで100メートルもあるけれど、フロアは、実は5つしかない。
　京都タワーは、現代版の五重塔だったのか……。

　京都タワービルの1階からビル最上階である11階までエレベーターで上がると、京都タワーの1階部分と10メートルくらいの通路でつながっていて、通路の中ほどにある5段の階段を上がったところに、展望エレベーターのりば——展望改札がある。
　こうしたほんの5段の段差が、ぼくのように車イスで移動する者には厳しい。だれか困っている人がいれば「変身」して一瞬で飛び越せる段差なんだけれど、単なる観光の今は、その能力を使う状況じゃない。

さすが京都でも有数の名所中の名所だけあり、ここには車イス専用のエスカレーターが備えつけられている。係員さんやレイにも助けてもらい、ブジに階段を越えられた。
　レイはデジカメも忘れずに持ってきていて、展望改札のとなりにある舞妓さんのマネキンを喜々として撮影していた。カワイイところがある。
　改札を抜けた通路のつきあたりに、展望エレベーターが2基並んでいる。そんなに大きなエレベーターではないので、ひとり車イスで入ると、かなり窮屈だ。ぼくとレイと係員の女性の3人だけが乗り、その場にいたほかの観光客たちとは別のエレベーターで、展望室まで上がることになった。

　エレベーターの中でレイが「ワクワク、シマス」と急に日本語で言ったので、係員の女性は「えっ?」という顔で少し驚いたあと、気まずそうに会釈した。
　レイにぼくが〈キャナスピーク〉を返したので、係員の女性はさらに驚いたが、同時に、納得もしていた。彼女なりに、ぼくとレイの関係を察してくれたらしい。

「アイム・イクサイティド、トゥ」
"I'm excited, too."
(=ぼくもワクワクしてるよ)

　イクサイト (excite) は英語でたまにある注意を要する動詞で、「ワクワクする」ではなく「ワクワクさせる」という意味なので、自分がワクワクしていることを伝えたい場合にはアイム・イクサイティド (I'm excited) と受け身にする必要がある。よく使う動詞でこれと同じパターンのもの

として、「疲れさせる」という意味のタイア（tire）や、「退屈させる」意味のボー（bore）などがある。

　　"I'm tired."　　（＝ぼくは疲れている）
　　"I'm tiring."　　（＝ぼくは「だれかを」疲れさせている）
　　"I'm bored."　　（＝ぼくは退屈している）
　　"I'm boring."　　（＝ぼくは「だれかを」退屈させている）

　と、それぞれ、まったく正反対の意味になってしまうので、こうした形の動詞は、よく注意しなくちゃいけない。
　まあ、この場合、ぼくがアイム・イクサイティン（I'm exciting）と言っても、レイをワクワクさせていると考えれば、決して間違いではないわけだけれども……。

　エレベーターが上昇する40秒ほどのあいだ、あのボウリングのピンを思わせる京都タワーの純白の円筒の中を今まさに上昇しているのだと考えると、ふしぎな気分だった。

　京都タワー頂上5階の展望室に着いてエレベーターの扉が開くと、宇宙船のデッキを思わせる意外なほど狭い空間に出る。そこは展望室の内側にある円形の小部屋で、壁には開いた屏風の形に京都ホテルグループの宣伝パネルが並び、下に降りられる非常用の階段もある。もちろん、エレベーター2基ぶんのスペースもあるので、通路がとても狭いのだ。
　通路の印象が強いせいか、2枚ある扉の片方から外に出ると、展望室のドーナツ形の空間が広々と感じられた。

"Wow!　What a great view!"
(=わあ！　最高の景色だね！)

レイが思わず歓声をあげている。なにかから解き放たれたかのような、清々しいほど爽快なレイの笑顔だった。

「(ゥ)レイ、フワイ・ドンチュ・テイク・フォゥトゥズ・アジュ・ライク?」
"Ray, Why don't you take photos as you like?"
(=レイ、きみの好きなだけ写真を撮りなよ)

　テイク・フォゥトゥズ（take photos）は、写真を撮る時によく使われる決まり文句で、もしも撮る写真が1枚だけなら、テイカ・フォゥトゥ（take a photo）となる。
　アズ（as）とイゥ（you）で、アジュ（as you）。
　アジュ・ライク（as you like）は、「きみの好きなように」となる。
　フワイ・ドンチュ〜？（Why don't you〜？）は先ほどもあった「〜したら？」の表現だ。

　ぼくの言葉にレイは "Sure. Thanks, Ace."（＝もちろん。ありがとう、エース）とうなずいて、デジカメを手に展望室を回り、カメラのシャッター音を響かせ始めた。
　展望室のドーナツ形の空間は、360度、すべての方位がガラス張りとなっている。幸い今日は快晴で、京都タワーを中心に、どの方角でも視界の果てまで見通せる。
　京都市は、条例で建物の高さが規制されている。

背の高いマンションでも11階から15階——つまり、周囲数十キロメートルの円内に、ここより高い人工の場所はないことになる。
　すぐ南側に見えている京都駅ビルでさえも、はるか下方に見える。京都駅ビルの空中径路が地上45メートルであるのに対し、京都タワー展望室は、地上100メートル——高さの差は歴然としていて、まったく比較にはならない。
　京都市は、三方を山に囲まれた盆地である。
　京都タワーから見ると、東と北と西の三方を高い山々に囲まれているのが、よくわかる。京都では、東側にある山々は総称で「東山」、北は「北山」、西は「西山」と、まったくヒネリのない名前がついているのでわかりやすく、一瞬でおぼえられる。
　北東に見えているいちばん高い山が、京の都の鬼門（北東）を守る比叡山だ。比叡山は大昔から、単に「お山」とも呼ばれている。

南側には山がないぶん、他の三方よりさらに遠くまで、はるか大阪や奈良のほうまで続く絶景を楽しめる。
　ドーナツ形の展望室の窓際には、眺望のいい観光名所でよく見かける有料（1回1分100円）双眼鏡が置かれている。
　展望室のそれぞれの方角には、名所までの距離が——

　　　清水寺　2.4km　　KIYOMIZU TEMPLE
　　　八坂の塔　2.4km　　YASAKA-NO-TO
　　　平安神宮　3.7km　　HEIAN SHRINE
　　　三十三間堂　1.1km　　SANJUSANGENDO HALL
　　　西本願寺　0.7km　　NISHI HONGAN-JI
　　　広隆寺　5.7km　　KORYU-JI
　　　東寺　1.1km　　TO-JI

——という感じで、英語表記つきの透明なシールがガラスに貼られているので、わかりやすい。京都市内や、市外でも少し離れたところなら、すべて双眼鏡で観察できる。
　このタワーから見えている風景が（山の向こうまで続いている京都府のすべてではないものの）「京都市」のすべてだ。
　これからの1年間、京都市内外に無数にあるたくさんの名所を、レイといっしょに、ぼくは、いくつ回るだろう？
　1年も先まで見通すことは、ぼくには、できない。でも、どの場所を訪れるにしても、それが「京都市」の重力圏にある場所なら必ず、今もう、ここから見えている——。
　そう考えると、これから1年間のレイとの生活の開幕にいちばんふさわしい場所へ、期せずしてやって来た気がした。

"Ace, Kyoto is really exciting city.
I'm so happy to visit here. Thank you for inviting."
(=エース、京都はほんとにワクワクする街だ。
　　　　　ここに来れて良かった。誘ってくれて、ありがとう)

「ズェァツ・グゥド！　アイム・グレアットゥ・ヒァ・ズェアト」
"That's good! I'm glad to hear that."
(=それは良かった。そう言ってもらえると嬉しいよ)

　京都タワーができたのは、1964年——。
　ぼくが生まれる20年以上も前のことだ。
　事故で下半身の自由を奪われる前にも、ぼくは京都人なので当然、何度かここへ来たことがある。
　京都タワーは、ぼくが車イスでの生活を始めて最初に訪れた京都の観光名所でもある。久しぶりに、そのことを意識した。
　子どもの頃に訪れた京都タワーでは、ただただワクワクしていた。
　ちょうど、今日のレイのような感じだったかもしれない。
　車イスで初めて京都タワーを訪れた時には……自由に動き回れた頃のことを思い出して、とても悲しい気持ちになった。
　今日は——子どもの頃のように無邪気でもないし、初めて車イスで来た時のように、悲しい気分でもない。
　無邪気な喜びと悲しみが中和されて、なにか新しいものが生まれるような、ふしぎな予感がある。
　そんな気になるのは、これからの１年をわが家でともに過ごすことになった彼——レイモンド・クオーツの存在が大きいと思う。

京都での新生活への希望に満ちあふれたレイを見ていると、たとえ昔を思い出しても、悲しい気分に浸（ひた）りきれないのだ。

「(ゥ)レイ、アーユ・ヘアヴィンナ・グッタイム？」
"Ray, are you having a good time?"
(＝レイ、楽しんでるかい？)

　ヘアヴァ・グッタイム（have a good time）で「楽しむ」となる。今のリアルな感覚として、-ing をつけた。
　ぼくが訊（き）くと、レイは親指を立ててウインクした。

"Yes! Perfect!"
(＝ああ！　最高だよ！)

　それは、レイのクチぐせである"perfect"を、ぼくが初めて耳にした瞬間だった。レイに限らず、英語を用いる外国人は、わりと"perfect"を使うんじゃないんだろうか？　レイと会う以前も、ぼくは何度も耳にしている。
　ぼくは、〈完璧な世界（パーフェクト・ワールド）〉なんて、どこにもないと思っている。だから"perfect"というコトバをたまたま聞いただけでも、複雑（ふくざつ）な気持ちになってしまうけれど……。
　爽（さわ）やかに"Perfect!"と笑うレイを見ると、この瞬間の彼の笑顔に限って言えば、ひょっとしたら"perfect"かもしれない——という気持ちにさえ、なってしまう。
　そのくらい、レイの無邪気な笑顔は気持ち良かった。
　忘れかけていた大切なことを、思い出したような気分だ。

ぼくたちが展望エレベーターを降りたフロアは、タワーの5階になる。階段で降りられるすぐ下の4階も展望室となっているけれど、双眼鏡やトイレや記念コインの自動販売機があるのは5階だけだ。
　ふつう、観光客は、まず5階でエレベーターを降りて展望室を楽しんだあと、帰る時は混雑を避けるため、4階からエレベーターに乗り込むように言われる。ただ、ぼくのように車イスの観光客の場合は当然のことながら階段では4階に降りられないので、また5階からエレベーターに乗って、降りることになる。
　帰る時、ぼくたちは、ふたたび5階からエレベーターに乗り込んだ。行きと同じ係員の女性に「3階の展望レストランは、ご利用になられますか？」と訊かれた。レイが興味を示したので、いったん3階で降ろしてもらった。
　京都タワーは、透明なお椀にボウリングのピンを載せたような形状をしている。このお椀のようなガラス張りの基盤部分が京都タワーの3階と2階であり、3階にはセルフサービス形式の展望レストラン〈スカイルーム〉がある（京都駅ビルのほうから京都タワーを見ると、このお椀のような3階部分に〈展望レストラン〉の文字が見える）。
　京都タワー3階でエレベーターを降りると、すぐ目の前に〈スカイレストラン〉という文字と、料理やドリンクのディスプレイがガラス棚に並んでいるのが見える。
　頂上の展望室と同じく、ドーナツ形でガラス張りの展望レストランは、ちょうど京都駅ビルの空中径路と同じ高さくらいにあるので、ここからの眺めも、なかなかいい。
　展望レストランは、階段で京都タワー1階（京都タワービルの11階）とも通じている。階段から上がってくれば、展望室へ行かず、展望レストランだけ体験することもできる。

レイが望めば、ぼくはこの展望レストランでお茶してもいい気分だったけれど、レイは、もう充分に京都タワーを堪能(たんのう)したらしく、母を待たせているのを気にかけていた。
　エレベーターを待ちながら、ジェイアール京都伊勢丹にいるはずの母にケータイで連絡をとった。ちょうど喫茶店を出たところだったらしく、絶妙(ぜつみょう)のタイミングで電話できた。
　母はこれから駐車場に向かい、京都駅ビルの伊勢丹側で待っているという。レイの荷物をコインロッカーから回収してから合流することになった。その旨(むね)をレイにも伝え、ぼくたちは、また下りのエスカレーターに乗り込んだ。
　京都タワービルの観光を終え、いよいよ、これからレイを迎え入れるわが家——一角家に向かう、はずだったが……。
　その直前に、予期せぬ番狂(ばんくる)わせが待ち構えていた。
　この世界は、いつも、ふしぎな偶然に満ちている。
　ぼくたちは下りエスカレーターで京都タワーの1階へ——展望改札のあるフロアまで、また戻ってきた。
　展望改札を抜けて京都タワービルの11階に戻るために——たった5段の階段を降りるために——ぼくは、先ほどと同じく係員の方やレイに助けてもらって、車イス専用のエスカレーターに乗るんだ。
　憂鬱(ゆううつ)な気持ちがないと言えば、ウソになる。他人の善意なしではなにもできない自分へのイラ立ちは、正直(しょうじき)ある。でも、その時は、まったく別のことが気になっていた。

　その時——ぼくたちの少し前に、ひとりの老婆(ろうば)がいた。

　2基ある展望エレベーターのうち、ぼくたちが乗っていなかったほう

の1基で直前に降りてきたのだろう老婆が、杖をついて、すぐ目の前を頼りない足取りで歩いていた。
　展望改札の係員は「どうもありがとうございました」と老婆に丁寧にあたまを下げていたが、気持ちは、そのすぐ後ろにいてサポートを必要とする車イスのぼくに向けられているのがわかった。ぼくのとなりのレイも、ぼくを助けることを考えるあまり、老婆には注目していなかった。
　ぼくだけが、その老婆を案じて、見守っていた。
　たぶん、予感のようなものがあったんだと思う。
　ぼくの予感通り、杖をついて歩く老婆は、5段ある下り階段の最初の1段で、足を踏み外してしまった——。
　老婆は「ああっ……」と、弱々しい声を洩らした。
　その声さえ、注意していないと気づけないだろう。
　係員も、レイも、ぼくのことだけを気にしていた。
　老婆自身を除くと、ぼくだけが彼女を見守っていた。
　わずか5段の階段とは言え、骨が脆くなっているお年寄りが大ケガをするには、充分な段差だろう。杖をついた老婆が足を踏み外した瞬間——ぼくの中でスイッチが入った。

「——変身」

　封印を解くそのコトバで、ぼくは解き放たれた——。
　それまで車イスに座った状態から動けなかったぼくは、「変身」というコトバをクチにしたのと同時に、全身の自由を取り戻し、突風のような敏捷さで老婆へ駆け寄った。
　老婆がつまずいてから、階段でからだを強打するまでのゼロコンマ数秒は、ぼくが彼女に到達するのには充分すぎる時間だった。ぼくは

空中で老婆を抱きかかえるとそのまま向こう側に飛び──自分が下になって、床を滑った。
「なっ……なんじゃ……なにがあったんじゃ……？」
何本か歯の欠けたクチを、金魚のようにパクつかせる老婆。
ぼくは腕の中の老婆のブジをまず確認してから、彼女をやさしく床に立たせた。
まだ時間はある。まだ立てる。

"What!? Ace, what's happened?"
(＝なにコレ!?　エース、なにが起こったの？)

レイと、となりでは係員さんも目を円くしている。
レイに歩み寄りながら、ぼくは弁解した。

「(ゥ)レイ、レッミ・イクスプレイニッ」
"Ray, let me explain it."
(＝レイ、説明させてよ)

レイに納得してもらえるだろうか？　自信はない。
まったく……いつも、こうだから……
この世界は、不完全なんだ。

Lesson.2 Perfect Misunderstandings

(どうしようもない誤解の数々)

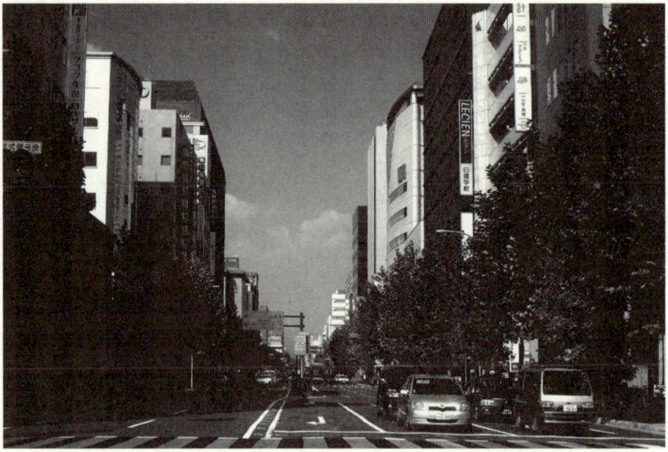
LECIEN

1

　レイモンド・クオーツ（Raymond Quartz）——レイが一角家にやってきてからの2週間——1月の第2週〜第3週は、なんだかあわただしかった。レイの外国人登録や国民健康保険への加入、京都大学への学生証の申請など、彼が日本で学生生活を始める上での手続きに、予想外に手間がかかった。
　そうしたレイの用事は、他人ごとではなかった。
　夜に家庭教師のアルバイトが入っている日でも、ぼくは、たいてい、お昼ならいつでも空けられる。慣れない京都の街を右往左往するレイが心配で、同行することが多かったからだ。

　京都大学の中心である吉田キャンパスは、ひとつの街と言えるくらい広い面積があるけれど、レイが籍を置く学部の窓口は時計台の聳える本部構内にあって、わが家から近いのは幸いだった。
　京都大学本部正門は、鴨川の東を一直線に東西に走る東一条通に面している。京都大学本部の少し西にある京都市左京区役所も、同じく東一条通に面している。
　わが家——一角家は、この東一条通から小さな通りに入ってすぐの住宅街にある。だから、各種手続きに奔走するレイとぼくの移動範囲は大して広くはなかったのだけれど、行ったり来たりの回数が多かったので、まさしく右往左往という印象だった。
　思わず、ぼくはレイにそのコトバを教えたくなったほどだ。

「イン・ヂェアパニーズ、
サッチュア・シチュエイシャン・イズ・コーゥド・ウオウサオウ」
"In Japanese,
　　　　Such a situation is called *Uou-Saou*."
(＝日本語では、
　　　　こんな時に「右往左往」と言うんだ)

　サッチュア〜（such a〜）は「このような〜」。
　コーゥ〜（call〜）は「〜を呼ぶ」なので、「AがBと呼ばれている」なら"A is called B."の表現が便利だ。
　レイは"What?"（なんだって?）と反射的に反応してから「ナンデスカ？　ウオゥ・サオゥ？」と、訊き返してきた。レイはいつも勉強熱心だから、ぼくとしても教えがいがある。

「ウオウサオウ・ミーンズ・ゴゥイン・ズィス・ウェイ・アンズェアット」
"*Uou-Saou* means 'going this way and that'."
(＝「右往左往」は、行ったり来たりすることだよ)

　ミーンズ（means）は「意味する」という意味で、この場合のようにイコール（＝）として使える。日本語のあるコトバを英語に置き換えて説明する時に便利で、非常によく使う。
　レイは納得できたらしく"Oh, I see."（ああ、なるほど）と、嬉しそうにうなずいていた。
　「ウオウサオウ。ダイジョブ。オボエマシタ」

レイは「オボエマシタ」と言ったコトバは、ほんとにたいていおぼえていて、すぐに自分でも使うからすごい。記憶力が良くて、応用力もあるのだろう。

　自宅の近場を動くぶんには、自分ひとりでもそんなに不自由しないので、ぼくは以前から、家の近所では、できるだけ自分で車イスを操作するようにしている。
　レイは、手が空いている時には、たいてい、ぼくの車イスを押したいと言ってくれた。そういう時は彼の厚意を拒むのも悪いので、御礼を言って押してもらう。
　波長があうのか、レイは、ぼくの車イスの操作がだれよりも巧みで、彼に押してもらうと安定感があって、とても心地よかった。だからこそ、つい彼の厚意に甘えすぎないように、いつも肝に銘じていた。
　綺麗な顔をした金髪の小柄な外国人と車イスの男子という組みあわせのぼくたちは、レイがたどたどしい日本語で、ぼくは〈キャナスピーク〉でしゃべっていることもあり、京都大学のキャンパスや通りで近くを歩く通行人や大学生たちから好奇の目で見られることが多かった。それは、たぶん自意識過剰ではないと思う。
　今までにも、車イスというだけで特別な目を向けられることはあったけれど、レイといっしょにいる時の反応は、そんなレベルじゃなくて、明らかに違っていた。だからイヤだったかと言うと、意外にそれはなくて、みんなの気を惹いてしまうくらい存在感のあるレイのような子がぼくの新しい家族になってくれたことが誇らしかった。
　気の早い話だけれど、360数日後にレイが去ってしまうのが、今からちょっとイヤなほどだ。まだ数日間だけど、そのくらい、レイとは、うまくいっている。今のところは。

「(ゥ)レイ、イゥア・オーゥレディ・マイ・グレイト・フレンド、
　　　アンダーア・ヴェリ・グッド・メンバァヴ・アウァ・フェアマリ」
**"Ray, you're already my great friend,
　　　and are a very good member of our family.**
(=レイ、きみはもう、ぼくの最高の友人だ。
　　　で、一角家の良きメンバーでもある)

　思わずぼくがそんなふうに言ってしまった時、レイは「ドウモアリガト
ゴザイマス」と、嬉しそうに笑い返してくれた。

「イン・ズィス・ケイス、イゥシュド・ヂャスト・セイ・アリガトウ」
"In this case, you should just say *Arigatou*."
(=この場合は、「ありがとう」だけでいいよ)

　ぼくがアドバイスすると、レイは「アリガト」と、さっそく訂正していた。
ほんとに、勉強熱心な子だと思う。
　もはや日本語にもなっている「グッド」は日本では「良い」という意味
になっているけれど、英語のグゥド (good) は、悪くないこと全般を示す
から「まあまあいい」も含まれる。
　たとえば「調子どう?」と訊かれて、プリティ・グゥド (Pretty good. =
まあ、いい感じだよ) と答える時などはそうだ。
　良さの段階で言うと、以下のようになる。

　　　good ＜ pretty good ＜ very good

2

　最初の数日間はとても濃密度(のうみつど)だったから、ぼくとレイが初(はじ)めて会った1月8日——つい数日前のことが、もうなつかしい。
　ぼくの「変身」のことを、これからいっしょに生活するレイには、絶対に、どこかで説明しなくちゃいけないと思っていた。
　だけど、まさかあんな形で、説明する前に実際に披露(ひろう)することになるなんて……ぼくに予想できたはずがなかった。

　あの時——

　京都タワーの展望(てんぼう)エレベーターから外へ出た直後、階段を踏(ふ)み外(はず)して宙(ちゅう)に舞(ま)った老婆(ろうば)を、「変身」で車イスから飛び出したぼくがジャンプして抱きかかえて助けた。あれにはレイも、京都タワー展望改札(かいさつ)の係員の女性も、目を円(まる)くして驚(おどろ)いていた。
　老婆をやさしく床(ゆか)に立たせてから、ぼくは5段ある階段を自分の足で上がって車イスにまで戻る——はずだったが、その寸前(すんぜん)で時間切れになってしまった。

　だれかがスイッチを押したかのような唐突(とうとつ)さで、まるで風船から空気が抜けていくように下半身(かはんしん)からチカラが抜け——車イスの目前でくずれおち、床に両手をついた。
　レイと係員の女性が、同時に驚いた声をあげた。

日本人のあいだでは「グッド」＝「良い」という置き換えが常識になってしまっているような気もする。そこは「グッド（good）＝悪くないこと全般」と認識し直したほうがいいと思う。そうでないと、「悪くないね」という意味のグッド（good）を誤解してしまうからだ。
　それに対してグレイト（great）は、明らかに「すごく良い！」場合──「良い！」の感じが突き抜けているものに用いられる。
　だから相手の仕事を本気でホメたい時は、今では日本語になってしまった「グッジョブ（good job）！」より、「グレイト・ヂャブ（great job）！」のほうがいいだろう。
　レイは家族の一員としてもグレイト（great）なんだけれど、家族である以上に友だちとしてのレイを、ぼくはより最高だと感じている。だから差をつけて、家族としてはヴェリ・グッド（very good）を使った。

無力な自分に戻る時、いつも惨めな気分でいっぱいになる。
こういう時だ。ぼくが、あのコトバを叫びたくなるのは。

「なんて不完全なんだ、この世界は!」

レイと係員さんに両側から助け起こされ、ぼくは車イスに戻してもらった。レイに断りを入れて待ってもらい、状況的に、まずぼくは係員さんに説明しないといけなかった。

聞いた話では、各種公共施設や観光名所などを利用する際、料金が安くなり、しかもいろんな便宜をはかってもらえるので、実際は歩けるのに車イスに乗る「ニセ車イス」がたまにいるらしい。だから、車イスに乗っているだけでは証明にはならず、窓口などでは必ず障害者手帳を見せないといけないのだ。

障害者手帳を係員さんに念入りに検めてもらって自分がホンモノの障害者であるとまず示した上で、信じてもらえるとはあまり期待せずに、ぼくは事情を話した――。

過去の事故で下半身の自由を失ったのに、2年前の春頃から、「変身」というキーワードをクチにすることで、なぜか1日に1分間だけ自由に動き回れる能力を手にした。ただし、その能力を発揮できるのは、ぼくが人助けをしようと思った時に限られるらしい。

この1年と数か月のあいだ、何人もの医師の診察を受けた。ぼくの虚言ではないことを証明するためのテストも、何度も受けさせられた。結果、だれにも原因はわからずに、そういうふしぎな体質であることを踏まえた上で、以前と変わらず障害者として認定されている――。

ぼくの障害者手帳には、ぼくの能力が特異体質だと承認する注意書きを複数の医師が署名捺印入りで添えてくれている。展望改札の係員さんは、ものわかりのいい人で、そのページを見せると、半信半疑ながらも、ぼくがそういう体質だと認めてくれたようだった。

医師の注意書きの信用もあるだろうけれど、制限時間が切れてぼくが下半身のチカラを失って倒れるところを実際に見て、これは演技などではないと感じてくれたのかもしれない。

係員さんとの話を横で聞いていたレイは、ぼくが〈キャナスピーク〉で説明し直すまでもなく、だいたいの事情を察してくれたようだった。まるごと理解してもらえたとは思わないけれど、だいたいわかるくらいの日本語力はあるようだ。たぶん、カンも鋭いんだろう。

どれだけ説明してもわかってもらえないかもしれないことなのに、すんなり理解してくれたレイのことを、ぼくは、ますます好きになった。

"This is a surprise! Ace, are you Superman?"
(=驚きだなあ！　エース、きみはスーパーマンなのかい？)

レイの言うスゥパァメアン（superman）は、「超人」という意味ではなく、コミックや映画のヒーロー「スーパーマン」のことを示している気がした。それならば大文字の"Superman"だろうし、冠詞（aやthe）をレイがつけなかったのもうなずける。

「オゥ・ノゥ・ノゥ。アイム・ナット・スゥパァメアン。
　　　アイ・ヘアヴ・サッチュア・カンスティトゥシャン」
**"Oh no, no! I'm not Superman.
　　　I have such a constitution."**

(=いや、違う違う。ぼくはスーパーマンなんかじゃないよ。
　　　　こういう体質なんだ)

　日本語で言うところの「体質」の意味を持つカンスティトゥシャン（constitution）には、ほかに「憲法」や「構成」といった意味もある。それらには共通のイメージがある。憲法とは国家の構成で国の体質のようなものだし、個人の体質は肉体の構成とも言えるだろう。

"Even if it is so, you are awesome!
　　　　Do your parents know this?"
(=たとえそうだとしても、マジですごいじゃないか！
　　　　きみのご両親は、このことは?)

　イーヴン・イフ〜（even if〜）は「たとえ〜でも」。
　オーサァム（awesome）は、日本語では「ヤバイ」がいちばん近いかもしれない。元は「怖い」という意味で用いられていたのが、最近では「ゾクッとするほど、すごい」という意味で英語圏の若者たちのあいだでは賞賛のコトバとして、よく使われているらしい。

「ズェイ・ノゥ、アヴクオース」
"They know, of course."
(=もちろん知ってるよ)

　わが家に留学生を迎えるにあたって最大の問題は、どうやってぼくの能力——特異体質を理解してもらうか、ということだった。理解してもらえなければ、ぼくという人間そのものが否定されたことになる。

だから、なんの抵抗もなくレイに受け容れてもらえて心からホッとしたし、ほんとに嬉しかった。
　レイって、いい奴だなあ……。
　感心すると同時に感謝するぼくに、レイは切り出しにくそうに――それでも、ある重大な決意を秘めた表情で告白した。

"Actually, I , too, have a unique constitution."
（＝実は、ぼくも、特殊な体質なんだ）

　日本語「ユニーク」の元になったイゥニーク（unique）は日本語の意味とは少し異なり、「唯一無二の」という意味が強い。だから「独特の」という意味になり、それが今では日本語になってしまった「ユニーク」にもつながっているわけだ。
　レイは、ぼくの能力を目の当たりにした上で「ぼくも（I , too）」と同じレベルで特異体質だと告白した。イゥニーク（unique）というコトバを彼が用いたことからしても、それは（ヘンな言い回しになるけれど）……ふつうの特異体質ではないだろう。

「(ゥ)リァリ？　フワット・カンスティトゥシャン？」
"Really? What constitution?"
（＝ほんとに？　どんな体質？）

　どうしても気になってしまうが、レイは、まだ彼の秘密の核心をさらすだけの心の準備はできていなかったらしい。

"Sooner or later I'll talk to you about it."

（＝いつか必ず、きみに話すよ）

　スゥナァ・オー・レイタァ（sooner or later）は日本語で言うところの「遅かれ早かれ」——「いつか必ず」の意味だ。
　少し残念だけれど、レイの特異体質がぼくと同じレベルのものなら、軽はずみに「早く教えてよ」とは言えない。彼との共同生活は始まったばかりだし、おとなしく待つことにした。

3

　ぼくに〈キャナスピーク〉を教えてくれた、父——一角醍醐は、まだ英語だけでも手いっぱいなぼくと違って、英語以外の言語をしゃべる人たちとも〈キャナスピーク〉でやりとりできる。自分の父だというヒイキ目を抜きにしても、そこはマジですごいと思う。
　父は京都大学卒だ。それも、ぼくにはできなかったことだ。

　2年前——最初の受験で京都大学に不合格になった時、ぼくは大学進学をキッパリあきらめた。
　幼い頃、京都大学近くの一軒家に引っ越してきた時から、すぐ近所の京都大学はぼくの冒険スポットで、大好きな遊び場所だった。ぼくが通うならこの大学だと思った。その一途な想いは初恋にも似ていた。ほかの大学はいっさい受けなかったし、最初の受験（それも前期試験）でダメならもうやめようと、自分でルールを決めていた。
　英語のほかの科目を人並程度にしか勉強していなかったぼくは、センター試験ではなんとか足切りにならなかったものの、学部試験では、当然のように不合格となった。
　ぼくはその結果を、ほぼ確実に予想できていた。自分の勉強不足を自覚していたから——ではなくて、この世界が不完全だからだ。
　ぼくはたぶん、大学受験で、この世界を、また試したんだと思う。京都大学に不合格になったのは残念だったけれど、世界は、予想通りの結果を示した。

この世界は、どこまでも不完全だ。

　もしもぼくたちの人生が〈完璧な世界(パーフェクト・ワールド)〉なら、こんなに好きな大学なら、きっと、受け容れてくれたはずだ。近年、一芸入試を採用している大学は、どんどん増えている。でも、少なくともぼくが受験した2年前は、英語だけで入学できる制度はなかった。
　この世界が不完全だと証明するには、それで充分だった。
　と言っても、今更そんなことで逆恨みしたりはしない。
　この世界が不完全なのは当然の事実で、そんなこと、ぼくはとっくに知っていたからだ。

　大学受験をあきらめた2年前から、ぼくは、自宅に生徒を招いて、家庭教師をしている。教えている科目は、もちろん英語だ。
　父に教わった〈キャナスピーク〉を念頭におきつつ、まだ幼い生徒に偏った影響を与えるわけにはいかないので、発音を教える際には、ちゃんと発音記号を示して、ネイティヴの人の発音をCDなりインターネット上の音源で聞かせるように注意している。
　こちらから出向くのではなく生徒を自宅まで招く形なのは、もちろん、ぼくが障害者だからだ。現在の生徒は、小学生、中学生、高校生が、ひとりずつ。ふだんは月・水・金曜日の夜に各曜日ひとりずつ教えているけれど、定期試験の時とか生徒の都合が悪い時には、土・日も含めてイレギュラーな曜日に授業を行うこともある。
　京都は大学の街だから有名大学が多く、家庭教師には不自由しない。ぼくには有名大学生の肩書はないし、自宅に来てもらうことも考えて、授業料は先方に驚かれるほど格安に設定していて、ありがたがられ

ている。
　格安授業料のわりには内容のいい授業をしていると認められているのか、生徒の友人から、ほかにも何件か家庭教師を頼まれている。でも、ぼくはひとりひとりの生徒に入れ込んでしまうところがあって、今の能力だと週に3人が限度だと判断して、順番待ちしてもらっている。もし今の生徒が卒業したら、その時は、いつでも教えさせてもらいますよ、ってことだ。
　家庭教師の授業料が格安でもいいのは、障害者ということもあって、ぼくはまだ親の庇護下にいて、おこづかいを稼げれば充分だからだ。もっとも、おこづかいと言っても、無趣味なぼくは、英語の教材や英語の原書を買い漁るのに使うのがほとんどなんだけれど。
　自分が教師として未熟なことも、安い授業料の理由だ。
　ぼくはまだまだ発展途上なので、今の時点で高い授業料をいただくのは気が重い。ただ、いずれもっと教師としての実力がついたら……その時は自宅じゃなくどこかに場所を借りて、小さな塾を開いてみようか、とも思っている。いつまでも親の庇護下にはいられないからだ。

　レイが一角家にやってきた1月8日は1月の第2月曜日ということで「成人の日」の祝日だったけれど、先方の希望で今年最初の家庭教師をすることになった。月曜日の生徒は、いつも元気いっぱいで利発そうな、小学5年生の九条大紀くん――。まだ疲れも取れていないだろうに、レイは授業に顔を出してくれた。

「ダイキクン、コニチワ！　ワタシ、レイ。ハジメマシテ」
「あ、こんちは。ナイストゥーミーチュー。アイム・ダイキ」

レイはカタコトの日本語で、大紀くんはぎこちない英語で会話しているのは、いかにも異文化交流という感じで、なんだか感動的な光景だった。最初こそ緊張していた大紀くんもすぐにレイに打ち解け、楽しそうに、はしゃいでいた。
　レイのほうでもとても楽しかったらしく、水曜日の生徒——中学２年生の若宮菜々ちゃん、金曜日の生徒——高校２年生の姫沢凜ちゃんがやってきた時も顔を出してくれて、どちらの時も盛り上がっていた。
　それまで、ぼくは生徒の子たちに「一角先生」と呼ばれていたのに、レイの影響で、大紀くん、菜々ちゃん、凜ちゃんのそれぞれから、まるで申しあわせたかのように「エース先生」と呼ばれるようになってしまった。
　そうしたレイの影響は、教え子の生徒たちだけでなく、ぼくの両親にまで、さっそく及んでいた……。

4

　ぼくの母——一角数代は完全に日本語オンリーの人で、英語は、まったくと言っていいほどわからない。学生時代に学んだことは「ほとんど忘れちゃった」と言っている。英語のほかの言語を、ぼくは少しは知っているけれど、母は当然のように、英語以上に苦手としている。
　同じ家の中で、ぼくが父の一角醍醐とよく〈キャナスピーク〉で会話しているのに、まったく学習していない、というのも、それはそれですごい。たぶん、学習する気がなかったからだろう。
　そんな母も、ウチが初めてホストファミリーとなって留学生を受け入れるにあたって、心境に大きな変化があったようだ。初めて会った時から、母はレイを猛烈に気に入っていた。

　京都タワーを訪れたあの最初の日、ぼくたちは京都駅ビルに戻ってコインロッカーからレイの荷物を回収して、母と合流した。待ちあわせ場所は駅ビルのジェイアール京都伊勢丹側で、京都中央郵便局のあるあたりだ。
　陽射しを受け輝く銀色のハコ——シルバーメタリックのワゴンの場所を確認して、ぼくはレイに「あの車だよ」と、つい日本語で言った。
　母は、ワゴンの外に出て待っていた。横断歩道を渡るあたりで母もぼくらに気づいて「英数〜、こっちよ〜」と、手を振って走ってきた。
　格別に綺麗だとかスタイルがいいとか、そういうことはないのだけれど、年齢にしてはちょっと幼い顔立ちで子どもっぽい雰囲気の母はいつ

も明るく、やさしい。それは、なによりの長所だと思う。
　母のそうした性格に障害者のぼくがどれだけ助けられてきたか、わからない。だれがなんと言おうと、世界一の母さんだ。
　「あなたがクオーツくん？　よろしくね」

「(ゥ)レイ、レッミ・イントゥラデュース・マイ・マズァ。
**　　ズィス・イズ・マイ・マズァ、カズヨ・イッカク」**
"Ray, let me introduce my mother.
**　　This is my mother, Kazuyo Ikkaku."**
（＝レイ、ぼくの母を紹介させて。
　　こちらがぼくの母、一角数代）

　ぼくが紹介すると、レイは「ハジメマシテ。レイモンド・クオーツ、デス。オセワニナリマス、オカアサン」と一語ずつ丁寧に発音する口調で言い、深々と、心のこもったお辞儀をしていた。
　レイは、アメリカ人にしては、かなり小柄なほうだろう。それでも、同年代の日本人女性の中でもやや小柄な母よりは、さすがに少し高い。
　母は「まあ、日本語が上手！」と感心した顔になり「あたまをあげてよ、クオーツくん」と、レイの肩に手を添えた。
　「母さん、彼のことは『レイ』と呼んでやってよ」
　「ああ、そのほうが呼びやすいわね。よろしく、レイ」
　「ヨロシクオネガイシマス、オカアサン」
　その礼儀正しい挨拶で、母はレイに魅了されたようだった。

　一角家の愛車であるシルバーメタリックのワゴンを、ぼくは密かに〈ノーダンサー〉と名づけている。ノゥ・ダンサァ（no dancer）――

「踊り手の不在」という名前は、ぼくが踊れないからだであることを暗示しているようにもとれるけれど、実は、そうじゃない。この銀色のワゴンの宣伝文句だった「輝く銀のハコ！　No段差BOX！」を見て思いついた愛称なんだ。

「No段差BOX」というのは、福祉車両であるこのワゴンに、車イスに乗ったままで段差を気にせず乗り込めることを示している。介助人の助けや自力で車イスから自動車に乗り移る際、ふつうは車イスと自動車の座席の段差が大変なので、福祉車両によっては、座席ごと電動で外に降ろせるものもある。車イスのまま乗り込めるのは、とても助かる。

母はワゴン最後尾のドアを上下に開いて、中からスロープを引き出した。レイにも手伝ってもらい、ぼくは車イスごとワゴンの後部に入り、母が安全ベルトで手際良く固定する。なお余裕のある後部のスペースに、レイのトランクとリュックをおさめた。

その時のようにぼくが車イスのまま乗り込むと〈ノーダンサー〉は3人乗りになるのだけれど、ふだん車両後部に折り畳まれているリアシートを広げれば、父も含めて4人で乗ることもできる。その場合、車イスは畳んで座席の後ろに収納することになる。

ぼくの車イスの固定具合を確認してから、母は最後尾のドアを閉めて運転席に——レイは助手席に——それぞれ腰を落ちつけた。

レイは"I'm excited."（ワクワクするよ）と興奮していた。エキサイトは日本語になっているので母も理解できたらしく、嬉しそうに笑った。

「ええっと……御池のお花屋さんは、おとといに行ったから、今日は、まだ寄らなくていいわよね」

ひとりごとのような口調だったけれど、ぼくは「そうだね」と応えた。母の言う「御池のお花屋さん」とは、京都市中心部を東西に走る御池通と

いう大通り沿いにある、雰囲気のいい花屋さんだ。一角家からだと少し離れているけれど、ぼくと母は毎週土曜日に、そのお店で花を買うことにしているのだ。「御池」「花屋」という単語を聞くだけで、ぼくの胸は少し高鳴る。

　そんなぼくの胸のうちを母もレイも知るはずはなく、ぼくたちは、その日は「御池のお花屋さん」には寄らずに、一角家に向かった──。

　鴨川沿いを南北に走る川端通を北上して、東一条通から、さらに細い通りに入ったところに、ぼくたちの暮らす一角家はある。

　前に住んでいたマンションからその一戸建ての家に越してきたのは、ぼくが小学校に上がる前のことだ。父の仕事関係の知り合いから少し安く譲ってもらった当時の時点で築20年を超す、こぢんまりとした２階建てで、越してくる時に外装も内装もリフォームしたのだけれど、15年近くも住んでいると、さすがにあちこちの汚れが目立つ気がする。

「ヒァ・ウィァ。(ゥ)レイ、ズィス・イズ・マイ・ホゥム」
"Here we are. Ray, this is my home."
（＝ついたよ。レイ、ここがウチだ）

　母が家の前の駐車スペースに〈ノーダンサー〉を停めているあいだに、ぼくは、レイに自分の家を示した。レイは、ぼくが驚くほど嬉しそうな顔になっていた。

"How nice! It's very clean, a very good house."
（＝最高だね！　とっても綺麗で、とってもいい家だよ）

ナイス（nice）は、グゥド（good）やグレイト（great）とニュアンスが違って「理想的」という意味が強くある。この状況において理想的だから、いい——という意味で用いられるのがナイス（nice）だ。球技のスポーツで「ナイス、パス！」と言われるのは、単に「いいパス」というだけでなく、英語的には「理想的なパス」という意味が強くあるわけだ。
　母は掃除が好きだから、家の周囲はいつも綺麗にしているけれど、年季の入った家特有の、どこかくすんだような雰囲気もある。だからレイがクリーン（clean）と言ってくれて驚いた。
　素直なレイのことだから、お世辞を言ったとは思えない……でも、少し違和感があった。

「アーンチュ・サァプライズド・ハウ・スモーゥ・
　　　ファーアナメリカァン・ズィス・ハウス・イズ?」
"Aren't you surprised how small
　　　for an American this house is?"
（=アメリカ人の感覚からすると小さな家だろうけれど、驚いてない?）

　サァプライズ（surprise）には「驚き」の意味の名詞がある一方で、動詞では「驚かせる」という意味になる。だから、「驚いた」という場合はビィ・サァプライズド（be surprised）と受け身にする必要がある。
　相手に訊く場合は——

「アーユ・サァプライズド?」
"Are you surprised?"
（=驚いた?）

「アーンチュ・サァプライズド?」
"Aren't you surprised?"
(=驚いてない?)

どちらの質問でも、驚いたなら"Yes."、違うなら"No."でいい。

"No, I'm not. I know
　　　　the housing situation in Japan."
(=いいや、驚いてないよ。
　　　　日本の住宅事情は知ってる)

ハウズィン・シチュエイシャン (housing situation) は、つまり「住宅事情」——そこまで勉強しているとは、さすがはレイ。
　それにしても……
　なんて、ものわかりのいい奴なんだろう。レイは。
　日本人の家にホームステイする留学生が、みんなこんな感じだとは、とても思えない。ぼくたち家族はラッキーだったんだ。
　この世界が不完全なのは間違いないけれど、ぼくは両親にも恵まれているし、対人運がいいのは、まだ救いかもしれない。

　1月8日は祝日だったけれど、父は大事な仕事のつきあいで昼間は出かけていた。ただ夜の早い時間には帰り、レイと対面を果たした。

　ぼくの父——一角醍醐は年齢のわりに細身、というか痩身で、けっこう背が高い。オールバックにした髪が似合っていて、年齢相応の貫禄

を漂わせている。それでいて若々しいのは、母の影響だろうか。両親もぼくも視力は悪くなくて、だれもメガネをかけていない。小柄なレイと並ぶと、父は、とても大きく見える。

　父は堂に入った〈キャナスピーク〉で、レイと挨拶を交わしていた。一方のレイは、やはり日本語でコトバを返すことにこだわっていた。つねに外国語でのみ話そうとしたら、だれでも消耗するだろう。たまにはレイもしばらく英語でだけしゃべってもいいのに……と、ぼくは思ったんだけれど、レイには堅い決意があるようだった。

　レイも交えて初めて家族4人で食卓を囲んだ1月8日の夕食の席で、レイはこの1年間の重大な決意表明をした。

"I'm learning Japanese seriously.
　　　　I wish I mastered Japanese in this year.
　　　　　　Ace, how do you think?
　　　　　　　　Is it impossible?"
(=ぼくは真剣に日本語を学んでるんだ。
　　　　ぼくは、今年1年で日本語をマスターしたい。
　　　　　　エース、どう思う。
　　　　　　　　不可能かな?)

　単に「勉強する」だけなら、スタディ(study)。
　勉強して「習得する」なら、ラァーン(learn)——。
　メアスタァ(master)は「完全に体得する」意味になる。
　アイ・ウィシュ〜(I wish〜)は「ぼくは〜を期待している」といった意味で、実現可能性が低い希望について用いられる。

実現可能性が高い場合は、アイ・ホゥプ〜（I hope〜）だ。
　アイ・ウィシュ〜（I wish〜）のあとは、仮定表現で過去形になる。日本語で「〜だったらいいのになあ」と実現不可能な希望を過去形で夢想するのに似ている。

「ウェゥ……アイドン・スィンク・ソゥ。アイ・ウィシュ。
　　バト・イット・イズ・ヴェリ・ハード・シュアリ」
"Well... I don't think so. I wish.
　　　　But it is very hard, surely."
（＝うーん……不可能だとは思わない。そうなって欲しいよ。
　　　でも、間違いなく、とても大変だよ）

　ぼくが遠慮がちに言うと、レイは厳しい表情で、うなずいた。

"Yeah. Still, I will do."
（＝ああ。それでも、やるつもりだよ）

　スティゥ（still）は「まだ」という意味でよく使われる。
　この場合のように接続詞なら「それでも」の意味になる。

　どこか思いつめたような顔で言うレイのことを母は心配して「レイは、なんて言ってるの？」と気にしていたので説明した。
　そのあとで、ぼくは父に意見を求めた。父は腕組みした。
「この１年間で日本語をマスターする、か——。たった１年間で外国語をマスターするのは大変だが、まあ、レイの場合は、今の時点で日本語の基礎はしっかりしてるし、父さんも英数も、日本や日本語について、

教えられることはなんでも教えるつもりだ」

"Ray, you can rely on us any time."
(=レイ、いつでもウチの家族を頼たよってくれよ)

　元は〈キャナスピーク〉のはずなのだが、達人たつじんである父の発音は、もはやカタカナには聞こえないほどだった。最初はカタカナから始めてもネイティヴ発音に近づけられる——その見本が父だ。

　「アリガトウゴザイマス、オトウサン」
　レイに御礼を言われて「いや、当然のことだ」と手を振りながら、父は思い出したように、つけ加えていた。
　「そう言えば、英数ではなく『エース』だったな。今日から、父さんも英数を『エース』と呼ぼう。少なくとも、レイがウチで生活するこの１年間は、そうしたほうがいい——」
　父が帰宅する前、母も既すでに同じことを言っていた。
　レイだけならぜんぜん気にならないけれど、今まで20年近くのあいだずっと『英数』と呼ばれてきた両親から急に『エース』と呼ばれることには、猛烈なとまどいがあった。なんだか、自分が自分じゃなくなってしまうような、ふしぎな感じだ。
　「ええーっ！　父さんまで、マジなの？」
　ぼくが言うと、レイは「マジナノ？」と首を傾かしげた。

「オゥ・ソーリ。マジナノ・ミーンズ・フォー(ゥ)リアゥ」
**"Oh, sorry. *Maji-Nano?*
　　　　means 'For real?'."**

（＝ああ、ごめん。「マジなの？」は
　　　「ほんとなの？」って意味だ）

　納得したようにうなずいて、レイは「ダイジョウブ。オボエマシタ」と笑った。この調子で吸収し続けていったら、ほんとに1年で日本語をマスターしてしまうかもしれない。
　頼もしげに新しい友人を見ていたぼくは、しばらく黙ってなにごとかを考え込んでいた母の「……よしっ！　お母さん、決めた！」という突然の大声に驚いた。
　「母さん、どうしたの。一大決心したような顔して」
　「レイがこんなにがんばってるんだもの。お母さんも、1年で英語が話せるようになるわ！　みんなで英語教えてね！」
　ぼくはまた「ええーっ！　マジなの？」と、のけぞった。
　父も「数代……正気なのか？」と半信半疑だ。
　レイがすかさず「マジナノ？」とくり返したのはおかしかったけれど、笑ってばかりもいられない。なにしろ母は、ほんとに英語をまったく知らないからだ。おまけに母は、さらにとんでもないことを言った。
　「お母さん、本気よ。英語をしゃべれるようにならない限り、レイをニューヨークに帰さないからね――」
　レイにも母のコトバが理解できたらしく、いかにも「それは大変だ」という感じで、笑いながら肩をすくめていた。
　半分は冗談だろうが、母は、かなり本気らしい。
　レイがずっとウチにいてくれたらそれは嬉しいけれど、レイだって、向こうでの生活がある。1年後には帰国しないといけないだろう。……ってことは、母がほんとに1年で英語をマスターできるように、ぼくと父と、もちろんレイにもチカラを借りて、必死で教育しないといけない。

もしほんとに母が1年で英語をしゃべれるようになるのなら、たぶん、たいていの人が、しゃべれるようになるだろう。そういう仕組みを、なんとかして、ぼくたちは考え出さないといけないのか……。
　レイのほうでも今年1年で日本語をしゃべれるようになりたいと言うし（それが母のヤル気に火を点けてしまったわけだけれど……）、これは、なんだか大変なことになりそうだ。

5

　レイの日本語力は母の英語力と比べれば既に格段にリードしているので、ぼくと父はまず、母の英語力の基本をいかにしてつくっていくかで、いっしょになって、あたまを悩ませた。
　子どもの頃は、ぼくが父に教わる一方だった。
　今ではぼくも、父とは次元が違うとは言うものの、〈キャナスピーク〉のそこそこの使い手として、意見を求められるまでになった。それがとても嬉しかった。
　ぼくと父が最初に提案したのは、英語学習の基本だった。
　かつてはぼくも父にやらされたことがあるし、今でもぼくは小学生の九条大紀くんには特によく用いる学習法で「あれは、なに？」「これは、なに？」「それは、なに？」を確実におぼえることだ。これはレイにも役に立つので、レイには日本語でやるようにススメた。

「フワッツ・ズェアット？」
"What's that?"
（＝あれは、なに？）

「フワッツ・ズィス？」
"What's this?"
（＝これは、なに？）

「フワッツ・イット？」
"What's it?"
(＝それは、なに？)

　フワッツ (what's) は、フワッティズ〜 (what is 〜) の略(りゃく)で「〜は、なんですか？」となる。さすがの母も、このくらいは若い時に学校で習っているはずなんだけれど……「そんな昔のこと、おぼえてないわよ」と開き直られたので、イチから教えた。

　気をつけるべきは、ズェアット (that) とズィス (this) の発音。母は最初「ワッツ・ザット？」「ワッツ・ディス？」と言っていた。

　「ワッツ」と「フワッツ」の差はまだ小さいとして、「ザット」「ディス」よりは「ズェアット」「ズィス」のほうがいい。

　「ズェ」「ズィ」という時は、舌先(したさき)で上下の歯のあいだから前へ空気を押し出すようにして言う。古い英語のテキストだと「舌を上下の歯で噛(か)む」と書いてあるけれど、噛む必要はまったくない——というか、いちいち噛んでたらしゃべれないし、クチの中が血まみれになってしまうだろう。噛む必要は決してないけれど、上下の歯のあいだから舌先で空気を押し出す作業は必ず必要になる。それが "th" の発音「スィ」「ズィ」の要(かなめ)だからだ。

　「そんなあ……。いちいち上下の歯のあいだから舌先を出さないといけないの？『ズィ』って言うだけじゃダメ？」
　許(ゆる)しを請(こ)うように母は甘えた顔をしたが、ぼくも父もレイも、そこは「ダメ」という答えで3人の意見が一致(いっち)した。
　〈キャナスピーク〉の「スィ」や「ズィ」は英語の音に近い表記(ひょうき)だが、そのものではない。ほんとは日本語に存在しない音なので、カタカナで

表記しても、似せるのが限度だ。似てる音でも通じる可能性はあるけれども、決して確実ではない。大事な単語の場合は特に、できるだけ正確に音を出したほうがいい。

　たとえば、英語でとてもよく用いられる「私は〜と思う（考える）」という意味の "I think〜" を、ふつうの日本人ふうの発音にすると「アイ・シンク」で "I sink." つまり「私は沈む」「私は（キッチンの）流し台」という、まったく別のコトバになってしまう。それを避けるためには舌先を上下の歯のあいだから出して「アイ・スィンク」と言うしかない。

　正確な英語の音を出すには、日本語には必要のない音の出し方をするしかない。もちろん、最初は言いにくい。それは、そのようなクチの動きをする筋肉が未発達だからで、練習しているうちに、クチのまわりの「英語筋」が鍛えられて、ついてくる。

　重要な "th" 音の練習という面でも "What's that?" "What's this?" "What's it?" の３点セットは優れている。特に "What's that?" には、日本語にはない、もうひとつの重要な音が含まれる。

　ズェアット（that）に含まれる「エア」の音だ。

　これは「ア」という形でクチを大きく開けて「エ」と言う、日本語にはない英語特有の音だ。いちいちクチの形を意識するのは大変だけれども練習のつもりで、〈キャナスピーク〉では「エア」と言えば本来の発音に近くなる。ヘアヴ（have）やケアン（can）の "a" もこの音である（ただし、ケアンは強調する場合のみで、ふだんはケンかクン。キャンという音は存在しない）。

　もうひとつ、真っ先に意識して使い分ける必要のある音として、"R" と "L" の区別がある。日本人は "R" でも "L" でもふつうにラリルレロの音を当ててしまうけれど、ほんとは、ぜんぜん別の音だ。

この音について母に説明したのは、定番の「ライス」だった。
　初めてレイにゴハンを差し出す時、母は、こう言っていた。
「レイ、ほら炊きたてのゴハンよ。ゴハンは、さすがにお母さんでも知ってるからね。ゴハンはライスよね。ラ・イ・ス」
　その瞬間にレイはビックリした顔になって、ぼくと父は顔を見あわせ苦笑した。

　日本語で「ライス」と言われる "rice" の "R" は、「ゥ」と言うつもりでいったんクチをすぼませてから、思い切り巻き舌にして発する音だ。〈キャナスピーク〉風に言うと、「(ゥ) ライス」となる。
　日本人は「そんな面倒なこと、わざわざしなくても」と、つい思ってしまいがちだが、"R" と "L" は完全に別の音なので、区別できないと、意味が通じないのである。しかも、"R" と "L" が違うだけの紛らわしい単語が英語にはとても多いので、特に気をつける必要がある。
　日本人がふつうに「ライス」と言うと、"L" のライスに近い音になる。ほんとは "L" の「ライス」とも違うのだが、"R" とはあまりにも違いすぎて、消去法で "L" と判断されてしまう、ということだ。
　母の「ライス」だと、"L" の "lice" ――シラミ（の複数形）になってしまう。
　日本人が英語圏の国のレストランで「ライス、ください」と言ってヘンな顔をされるのは「シラミ、ください」と聞こえてしまうからだ。なんの他意もなく、相手には、ほんとにそう聞こえてしまうのだ。
　"L" の音は、舌先を上の前歯の裏――あるいは、上の前歯裏側の歯茎あたりにつけたまま発する音だ。この状態で「エル」と言った時に「エゥ」となるのが正しい発音で、それによって、後ろに "L" のつく単語は、コーゥ (call)、ウィゥ (will) などのように、たいてい「ゥ」と読める。

〈キャナスピーク〉のカタカナで正確な発音にある程度までは迫れるとは言え、"th"や"R"と"L"の区別については特に、カタカナだけに頼らず発音方法を意識しておいたほうがいいだろう。

そうした意識がすべての発音記号にまで及んだら、きっと父のように限りなくネイティヴに近い境地にまで達することができるのに違いない。

正確な発音を少しずつ体得していくことは、単に相手に伝えるだけでなく、さらなるメリットもある。リスニング──聴き取りにおいても、役に立つのだ。もうずいぶん前のことになるけれど、ぼくが父に言われて、目からウロコが落ちて感動したコトバがある。

「英数、日本人が英語を聴き取れない大きな理由はな、知らない音が含まれるからなんだ。人は、自分が発音できない音を聴き取ることはできない。日本語にない発音をひとつ体得するたびに、今まで聴こえていなかった音が、イヤでも耳に飛び込んでくるよ」

実際、そうだった。

"R"の音を体得するまで、ぼくは"R"と"L"の区別ができなかった。"R"も"L"も、自分の知っているラリルレロに勝手に耳（というか脳）が分類してしまっていたんだろう。

でも──ひとたび"R"の音の仕組みを自分で理解してからは、驚くほど、"R"の音が耳に飛び込んできて、"L"と区別できるようになった。それは、たとえば"th"の場合などでも、まったく同じだった。

ぼくが"R"と"L"の違いを最初に意識するようになったのは、そもそも外国人に道を教えることが、ぼくの英語学習の出発点だったからだ。

道を教える時は頻繁に"Turn right."(＝右へ曲がって)、"Turn left."(＝左へ曲がって)の表現を使うけれども、日本語の「ライト」だと"right"ではなく、"light"の意味になってしまう。この"light"には信号機の意味があり、信号の色が変わることを"The light turned green."(＝信号が青に変わった)などと言う。

　日本語発音の「ターン・ライト」"Turn light."だと「信号の色を変えろ!」あるいは「信号機そのものを変化させろ!」という意味になってしまう。そうした失敗を何度か実際に体験したことで、ぼくは、やっとターン・(ゥ)ライトと言えるようになったのだ。

　もっと切実に気をつけないといけないのは、「レイ」の発音だろう。
　レイは"R"の"Ray."だから、日本語発音で「レイ」と言われると、さすがに気持ち悪いようだ。
　日本語の「レイ」は"Lay."で、(なにかを)横たえるという意味になる。レイは名前を呼ばれるたびに「横たえろ!」と命じられているようなもので……気の毒すぎる。
　ぼくも父も、だから〈キャナスピーク〉で話さない時でも、日本語でも「レイ」と呼ぶ時には「(ゥ)レイ」と気をつけている(※ただしこの文中では、日本語の時は「レイ」の表記で統一)。
　名前を間違って呼ばれ続けるのはさすがに気の毒だと思ったらしく、母は「(ゥ)レイ」の発音は真っ先に体得していた。レイは既に母にとって子どものような存在なのだろう。子を想う親は強い。

　発音のことまで難しく言われて母は「できるかな?」と、いきなり少し弱気になっていたが、レイの励ましなどもあって、少しずつ体得していった。母が英語で「あれ(これ、それ)は、なに?」と尋ねると、ぼくか父

かレイのだれかが、英語で、そのものの単語を答える。母もそこそこの年齢なので、1回教えられただけですぐにおぼえるなどということはないけれど、何回も聞いているうちに、家の中にある身のまわりの単語は、少しずつおぼえつつあるように見えた。
　一方のレイは弱音を吐くことなど1度もなく、単語がわからないものは、片っ端から、ぼくか両親に訊いてきた。レイには、母に教えた質問の日本語バージョンを伝えてあった。

「アレハ（コレハ、ソレハ）、ナニ（ナンデスカ）？」

　質問するのがぼくたち家族のように気軽な相手ならば「ナニ？」で、他人に訊くなら「ナンデスカ？」を使えばいいとアドバイスした。わかりやすかったらしく、レイは嬉しそうだった。〈キャナスピーク〉の学習法は、こうした日本語への応用でも使える。
　レイになにかの名前を質問されたら、ぼくたちは日本語で答えた。若いこともあり、さすがにレイの吸収力は母の何十倍もすごかった。
　レイは手帳にMEMOを取りながら、ひとりの時に何度も復習しているフシもあった。ほんとに勉強熱心な子で、ぼくももっと英語を勉強しなくちゃな……という気にさせられた。

6

　1月8日にレイがやって来てからの最初の2週間は、ともかくあわただしかった。でも、さすがに2週間も経つうちに、そうした混乱も次第に落ちついてきた。水に投げた石の波紋が次第に拡散して、また水面が静かにおさまったような感じだ。
　京都大学の一般学生は試験期間中で、大学はまだ冬休みが続いているような状況のようだが、特別プログラムのレイたち留学生には長い冬休みはなく、月曜日から金曜日までの週日は大学に通い始めていた。そのあいだを縫って、レイはアルバイトも探していた。
　ぼくの家庭教師を手伝ってくれたら、そのぶんは払うよ（ただし、そんなに額は大きくない）と言ったのだけど、予想通り、断られた。
　額の問題ではなくて、ぼくの家庭教師を手伝ってくれるのは、一角家にホームステイさせてもらっていることへの、ささやかな御礼だと言う。レイは、そういう奴なんだ。
　ウチからそう遠くない場所にある24時間営業のスーパーが「留学生歓迎！」と貼り紙をしていたのを母が見つけて、レイに言った。レイは面接をパスして、そのスーパーでアルバイトすることになった。日本語の勉強にもなる、と喜んでいた。
　レイが日本で暮らす手続き、通学や新生活への適応、アルバイト探しなどで、ほんとうに、あっという間に時間が流れさっていった……。

　まだ最初の2週間ということもあり、母の英単語習得は、さすがに、

そんなに進んでいない。それでも、レイの励ましのおかげで、勉強意欲自体は衰えていない。「フワッツ・ズェアット?」など最初に教えた質問文は、驚くほどうまくなった。その短文だけに注目するなら、大げさではなく、母は、まるで英語の達人のようでもある。母に限らず、2週間、毎日「フワッツ・ズェアット?」の練習をしたら、だれでも、そのフレーズの達人になるだろう。

　それよりもすごいのは、やはりレイだ。
　勉強熱心さに加えて若さ特有の記憶力もあるレイは、まるで乾いたスポンジが水を吸うように、毎日、ものすごいスピードで日本語を吸収し続けている。この調子なら、ほんとに1年間で日本語をマスターしちゃうかもなあ……と、どんどん希望が膨らんでくる。
　1年後のことなんてわからないけれど……と想像を巡らせ、ぼくは、もう「1年後」じゃないんだと気づいた。1年間——52週間と1日のうち、既に2週間近く終わってしまったんだ。
　残り50週間——。
　50週間というと長いようだけれど、50週間後にはレイとの別れが待っているんだと思うと、「あと、たった50週間?」と、ちょっと愕然としてしまう。最初の2週間は、あっという間だった。このぶんだと、50週間なんて、すぐだろう。

　ぼくだってレイとの会話を通して自分の英語力を高めたいのに、レイは、できるだけ日本語で話して欲しいと言って譲らない。正直なところ少し不満はあるけれど、英語について質問すればレイはいつでも答えてくれるし、レイの日本語学習を優先させて、基本的には日本語メインでしゃべるしかなさそうだ……。

1月20日土曜日──めまぐるしかった最初の2週間もやっと少しだけ落ちついてきたその週末、もしまだ余力があるなら、ちょっとだけ京都を案内しようか──と、ぼくはレイを誘った。レイは疲れも吹き飛んだ顔で「ゼヒ！」と言った。
　「ゼヒ！」というのもレイが気に入っている日本語のひとつだ。
　たぶん、シュア（sure）に似た使い方ができるからだろう。
　どこにレイを誘おうか、ぼくは考えを巡らせた。

　「京都について説明する前に、まずは、おさらいしよう」
　レイは「おさらい」という日本語をその時点で理解していたから、そこで訊き返されることはなかった。さすが復習の鬼、レイ。
　レイはだいぶ日本のことを勉強していたから、一般の外国人以上には予備知識を持っている。外国人の中には、日本がアメリカか中国の州のひとつと思っている人も実際にいるし、世界地図上で、台湾と間違えている人にも会ったことがある。
　ぼくはまず白紙に手書きでシンプルに日本周辺諸国の地図を書いて日本の場所を念のため確認し（もちろん、レイは以前から知っていたが）、次に単体の日本地図を書いて近畿地方の場所を確認した。さらに近畿地方の地図を書いて京都府の場所を、京都府の地図では京都市の場所を確認した。他県同様、京都府も平成の大合併で市町村が合併されている最中だ。これからまた新しい市が生まれるだろうから、とりあえず京都市の場所だけ示した。
　「日本人の中でも、京都府の広さを誤解している人がたくさんいる。それは、京都市だけが京都だと勘違いすることが多いからだろうね。京都府は北部がおとなりの兵庫県や福井県のほうまで迫り出していて、実は、けっこう広いんだよ」

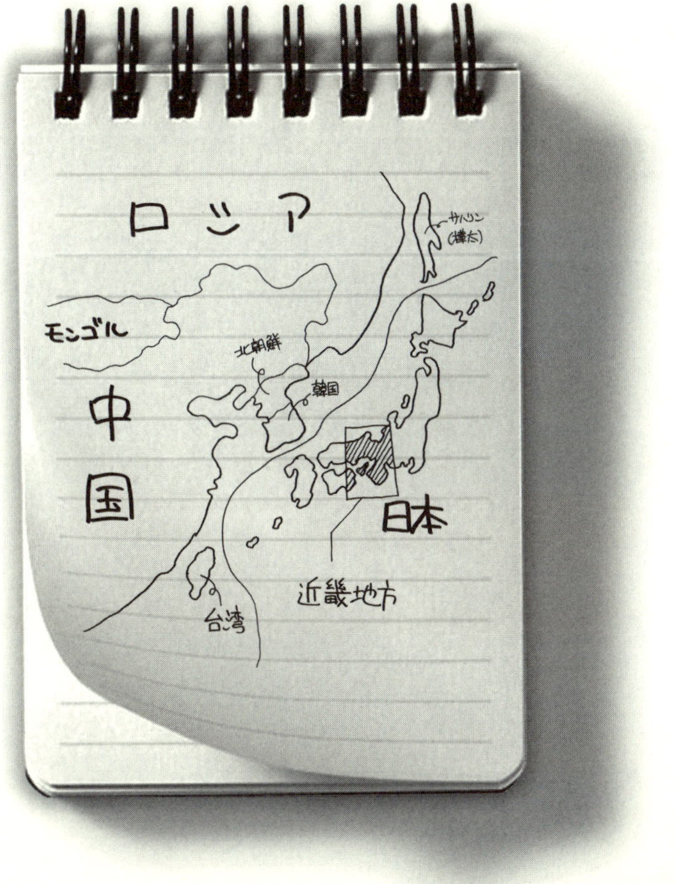
ロシア
サハリン
(樺太)
モンゴル
北朝鮮
韓国
中国
日本
近畿地方
台湾

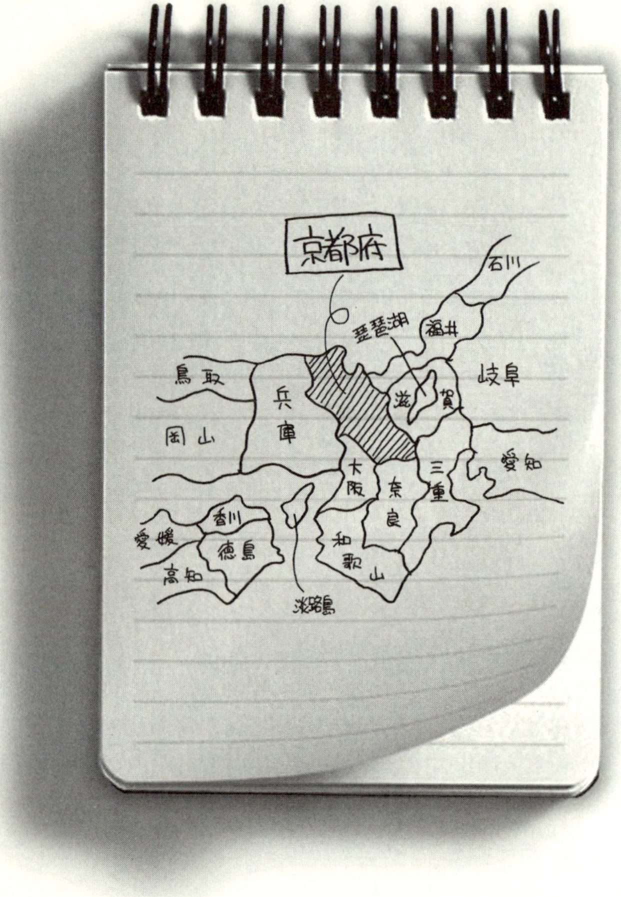
京都府
石川
琵琶湖
福井
岐阜
鳥取
兵庫
滋賀
岡山
愛知
大阪
奈良
三重
香川
愛媛
徳島
和歌山
高知
淡路島

地図を確認しながら説得すると、レイはうなずいていた。「迫り出して」は知らなそうだけれど、特に訊かれなかったから、推察できたようだ。ぼくの話にはわからないコトバも当然あるだろう。レイは、わかるコトバをつなげて意味を類推しているようだった。
　「ただ、誤解されるのにはそれだけの理由があって、京都を代表する観光名所のほとんどは、実際に京都市内か、その周辺にある。だから、ほかの地方の日本人や外国人が抱いている〈京都〉とはだいたい京都市のことだと結論づけている人がいたとしても、必ずしも間違いだとは言えないんだ」

　人によっては興味のない話かもしれないが、レイは一生懸命に聴いてくれるから、嬉しい。単に日本語の勉強として聴いているだけでなく、京都のことにも、かなり関心があるようだった。
　ぼくが京都市の話をしようと思ったのは、京都での生活に慣れ始めたレイが、まだぜんぜん地理を理解していないからだ。それは、ぼくが過去に数え切れないくらい道を教えた外国人にも言える。
　京都の人たちは熟知していることでも、外から来る人たちは、たとえば京都大学や金閣寺や清水寺が京都市のどこに位置しているのか、正確に言えない人も、かなり多いだろう。
　ひとつには、ガイドマップの類いは、ゴチャゴチャといろいろ書き込まれすぎていて、わかりにくいのだと思う。レイには、ぼくなりの視点から京都の地理を教えたいと思った。

　「京都の地理を把握するには、京都市をグラフとして捉えることだよ」
　レイが「グラフトシテ?」と訊き返してきたので、誤解されないように、そこは英語で答えた。

京都市

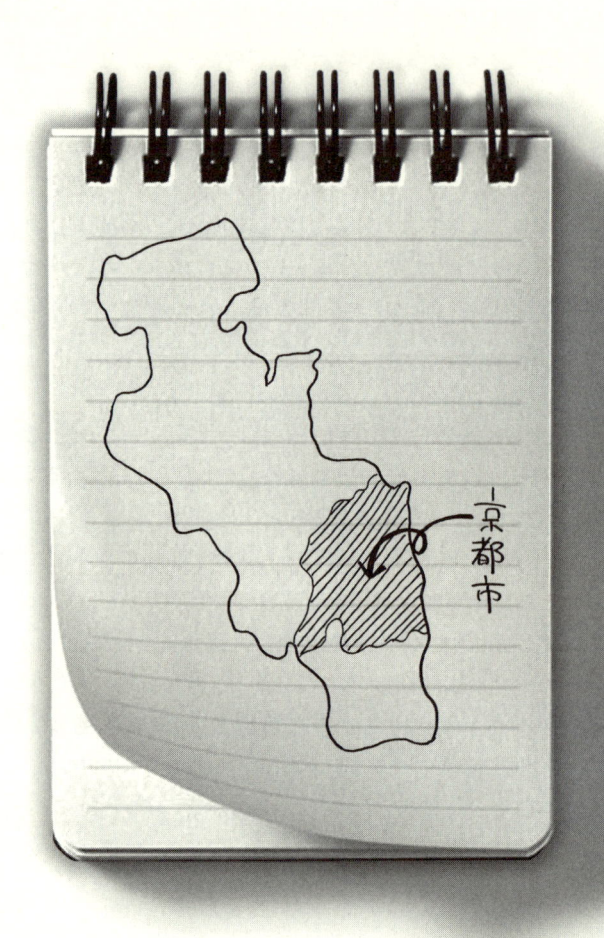

「ア・メァスァメァティクゥ・グレァフ。
　　　アイゥ・カンペァ・キョウトゥ・スィティ・
　　　　　　トゥザ・メァスァメァティクゥ・エクス・ゥアイ・グレァフ」
"A mathematical graph.
　　　I'll compare Kyoto city
　　　　　　to the mathematical x-y graph."
(=数学のグラフだよ。
　　　京都市を数学のXYグラフにたとえよう)

「レイ──ぼくらが最初に会った、あの場所。京都駅の中央改札口(かいさつぐち)をおぼえているかな?」

ぼくが訊くと、レイは「オボエテル」と答えた。

最初のうち、こういう時にレイは「オボエテイマス」と言っていたのだが、最近は「オボエテル」と使い分けられるようになった。

「あの中央改札口には、実は、京都を代表する通りの名前がついていて、ほんとは〈烏丸(からすま)中央口〉と言うんだ」

「カラスマ──チュオグチ?」

レイは「チュオグチ(中央口)」という単語を、その時点で既に学習していた。なので彼も、ぼくの言う「京都を代表する通りの名前」とは「カラスマ」なのだと見当(けんとう)がついただろう。

ぼくは説明のために地図を書いていた紙に大きく「烏丸」と書いた。

「カラスマは、漢字ではこう書く。実はこの烏丸という漢字の並びから、京都にどれだけくわしいか、何段階も、はかることができる──」

思わせぶりに言ったぼくに、レイが「ナゼ?」と訊く。「ナゼ?」は少し違うような気もしたが、今のレイの日本語力では許容(きょよう)範囲だろう。

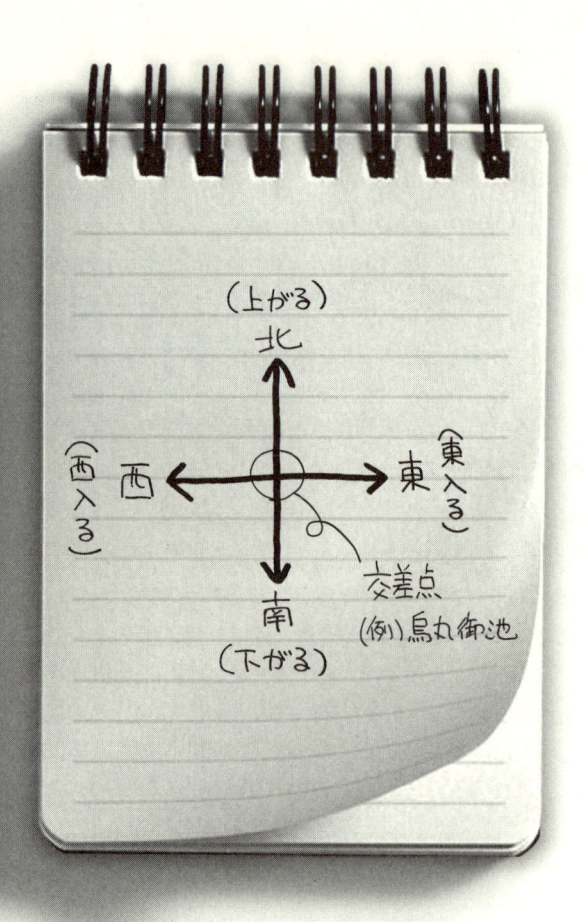

```
        (上がる)
           北
           ↑
(西入る) 西 ←—⊕—→ 東 (東入る)
           ↓ ╲
           南   交差点
        (下がる) (例) 烏丸御池
```

ぼくは「烏丸」のとなりに「鳥丸」と書いた。
　「ほらレイ、よく見て。こっちがカラスマで、こっちの漢字はトリマルと読む。そっくりだろう？　だから、つい見間違える。京都をまったく知らない人の中には烏丸をトリマルと読む人がいる。京都に何度か来たことのある人の中でも、単なる勘違いで烏丸をカラスマルと呼んでいる人がいる」
　「カラスマル、ジャナクテ、カラスマ？」
　「そう。カラスマ。京都では烏丸と名前のつくところはすべて、公的にKARASUMAと読みがついている。でも──実はこの名前は、もっと奥が深いんだ」
　それまでにも「奥が深い」というコトバは教えていたのでレイは理解して、また「ナゼ？」と訊いた。
　「一般的に間違いだと思われているカラスマルこそが、ほんとは正解なんだよ。すっかりカラスマのほうが定着して正式になっちゃったけど、元はカラスマルだった」
　レイはうなずいて「キョウミブカイ」と感想を言った。"Interesting."という相槌に当てはまる日本語を教えて欲しいと言われて、ぼくが教えたものだ。けっこうレイはよく使う。
　「そんな数多くの誤解を生んでいる烏丸という名前のついた南北に走る通りが、京都市のY軸になる」
　レイが「ワイジク？」と、首をヒネる。

**「カラスマ・ドー（ゥ）リ・イッズァ・ウワイ・エアクシス、
　　　　ズァ・ヴァーティクゥ・エアクシス・アヴ・キョゥトゥ」**
**"Karasuma-dori is the y-axis,
　　　the vertical axis of Kyoto."**

烏 烏
丸 丸

「京都では烏丸通としか言われないけれど、烏丸通は、実は、南のほうは国道24号線、北のほうは国道367号線になっている。烏丸通の下には京都市営地下鉄烏丸線がまっすぐ南北に走っていて、地下を東西に走る私鉄の阪急(はんきゅう)電車、地下鉄東西線と、それぞれ直角交差している。地上と地下の両方で京都の交通の大動脈(だいどうみゃく)となっていることが、烏丸通が現在の京都のメインストリートである理由なんだ。今日は、この烏丸通にレイを案内しようかな。そうしたら、京都の中心軸を理解できる」

　ぼくが言うと、レイは「ゼヒ!」と顔を輝かせた。

(=烏丸通が京都のY軸、縦方向の軸なんだ)

「アア。Y‐ジク、デスネ。ワカリマシタ」
「そういう時は『ワカッタ』でいいよ」
細かく助言すると「ワカッタ、エース」とレイが笑う。
どんな助言もレイは喜んでくれるから、ぼくも嬉しい。

京都を数学のXYグラフ（十字の軸があるグラフ）に見立てた
烏丸通こそが縦の中心軸──Y軸となる。
ぼくはまた手書きの地図を書いて、レイに示した。
「ここが京都駅とすると、烏丸通は駅の南側にも少しあるけれど、北
側が圧倒的に長い。駅からまっすぐ北に延びる烏丸通沿いには京都
タワービル、東本願寺、ショッピング施設のココンカラスマや新風館、
京都御苑、地元のTV局──KBS京都や同志社大学、大谷大学など
が並んでいて、賀茂川につきあたるまで続く。この賀茂川と高野川が
Yの字に交わって京都市の東をまっすぐ南北に走る鴨川になるんだ。
鴨川の少し東にあるウチは、このあたりだよ」
手書きの地図の上に烏丸通沿いの有名スポットを書き込んでから、
一角家の場所も示した。
「カモガワ、ガ、カモガワ、ニナル？」
レイが眉をひそめて、綺麗な顔が歪んだ。
たしかに、音だけで聞くと混乱するだろう。
「あ、そうそう。京都ではカモガワがふたつあって、それぞれ、漢字が
違うんだよ」
そう言って、ぼくは地図の上に「賀茂川」「鴨川」と書き加えた。北
の上流が賀茂川で、広く知られているのは下流の鴨川のほうだ。

7

　大通りが東西南北に正確に走っている点で、京都市とレイの故郷(こきょう)──ニューヨーク市は共通している。市の中心部に大きな公園（京都御苑、セントラル・パーク）があるところや、地下鉄とバスが重要な交通手段である点でも、京都市とニューヨーク市は、とてもよく似ている。
　ニューヨークでは南北の通りをエアヴァヌ（avenue）と、東西の通りをストゥリート（street）と呼ぶらしい。
　と、父に聞いた話をレイに確認すると「ソウ。ヨクシテルネ」と感心された。「シテルネ」だと別の意味になるので「知ってるね、だよ」と訂正(ていせい)しておいた。

　英語ではふつうの通りをストゥリート（street）と呼び、通りの両側の街全体もそう呼ぶ。今では日本語にもなっているストリートにも、この「街」の意味が含まれているだろう。
　英語ではさらに、大通りを表すエアヴァヌ（avenue）、ブゥルヴァー（boulevard）などというコトバがある。ニューヨーク・シティに限らず、エアヴァヌ（avenue）とストゥリート（street）はセットで用いられることが多いようだ。

　日本語──というか、京都のルールでは、大通りでも小さな通りでも、南北の通りでも東西の通りでも、ほとんどすべて、ドー（ゥ）リィ（dori）で済ませる。

また、ふつうに「通り」という時は、送りがなの「り」をつけた表記になることが多いが、「烏丸通」などと通りの名前を言う時は「り」をつけないのが慣習である。そのあたりの京都ルールは、今まで既にレイに話してあって、理解してもらっている。
　例外的に、京都市東部の「東大路通」と西部の「西大路通」、北部を東西に走る「北大路通」は通りの名に「大路」と入っていて、英語のエアヴァヌ（avenue）に近い使われ方だと言えるかもしれない。
　有名な京都ルールとしては、住所を表す際、本来の番地のほかに、最寄り交差点の東西と南北の通り名を「通」を省略して組みあわせ、交差点の北であれば「上がる」、南なら「下がる」、東なら「東入る」、西なら「西入る」と表記する。このため京都の住所は長くなる。
　たとえば、南北に走る烏丸通と、東西に走る丸太町通の交差点の少し西に○×町123番地という住所があった場合、ふつうなら

京都市上京区○×町123番地

とだけ書けば充分だが、京都ルールでは

京都市上京区烏丸丸太町西入る○×町123番地

と、「烏丸丸太町西入る」も表記するのが慣習となっている。
　郵便などはこの表記でなくても届くが、京都でタクシーに乗る場合、町名だけだと知らない出稼ぎ運転手や新米運転手も多いので、観光名所ではない場所に行きたい時は特に、最寄り交差点の南北と東西の通り名を確認しておいたほうがいいだろう。
　南北と東西の通り名を組みあわせ交差点に名前をつけるこのルール

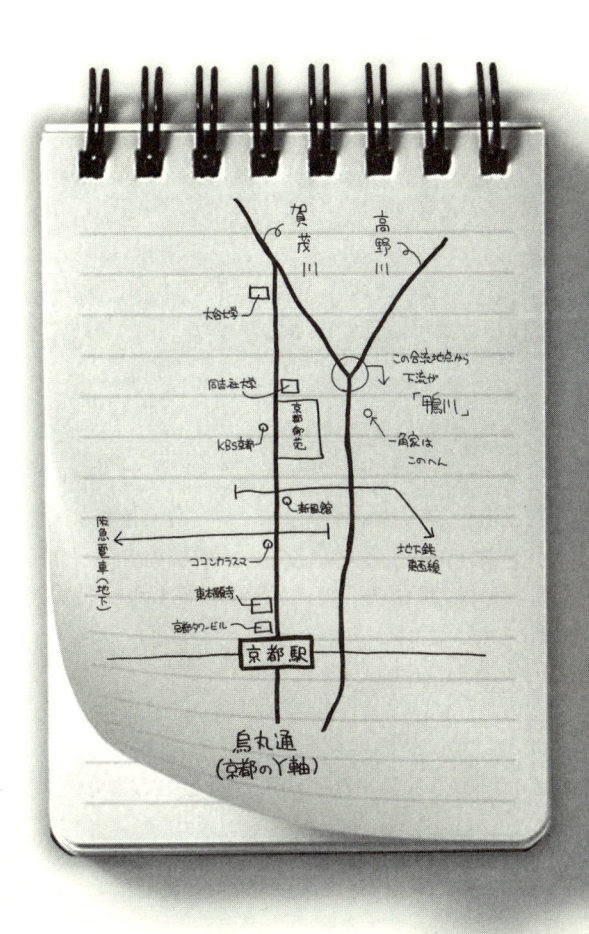

賀茂川
高野川
大谷大学
この合流地点から
下流が
「鴨川」
同志社大学
京都御苑
KBS京都
一角家は
このへん
新風館
阪急電車（地下）
地下鉄
東西線
ココンカラスマ
東本願寺
京都タワービル
京都駅
烏丸通
（京都のY軸）

では、どちらの通り名を先にするかは、たいてい融通が利く――つまり、どちらでもいい。ただし、一般的には通りとして格上(知名度や歴史で上)のほうが先にくることが多いし、単に呼びやすい組みあわせになる、という傾向もある。

たとえば、烏丸通と丸太町通では、丸太町通のほうがはるかに長いにもかかわらず、烏丸通のほうが格上なので確実に「烏丸丸太町」と呼ばれ、「丸太町烏丸」と呼ぶ人を聞いたことがない。駅名やバス停名になっているところには組みあわせの定着しているところが多い。「四条河原町」「四条烏丸」「四条大宮」「烏丸御池」などがそうだ。

珍しい例外として、東大路通南部の交差点の場合は「東大路」を「東山」と置き換えて、東西の通りと組みあわせる。たとえば、ウチの近所の東大路通と東一条通の交差点なら「東山東一条」、東大路通と丸太町通の交差点なら「東山丸太町」――という具合だ。

さらに例外中の例外として、交差点自体がその周辺の歴史と文化を背負っている場合には、東西南北の通り名の組みあわせだけでなく、独自の名前が交差点につけられているパターンもある。

たとえば、以下のような代表例がある。

祇園(四条通と東大路通の交差点)
百万遍(東大路通と今出川通の交差点)
高野(東大路通と北大路通の交差点)
北野白梅町(西大路通と今出川通の交差点)
円町(西大路通と丸太町通の交差点)

今年の1月20日土曜日は大学入試センター試験の初日らしく、会場のひとつになっている京都大学にも、多くの受験生が詰めかけていた。

レイと朝の散歩に出たら、東大路通に高校生がたくさんいて「そうか。今日はセンターなんだな」と、遅ればせながら気づいた。
　自分が受験生でなくなると、そのあたりの感覚が、とたんに鈍(にぶ)くなる。
　ぼくの生徒のひとりで高校2年生の姫沢凜(ひめさわりん)ちゃんも、1年後にはセンター試験を受験することになるだろう。それまでぼくは彼女を教えているんだろうか……先のことは、わからない。
　さすがに受験生たちは殺気(さっき)だっているから、金髪の美青年に車イスを押されているぼくのことを気にする者は少ない。受験生たちの健闘(けんとう)を祈(いの)りながら東大路通を進んでいると、ひとりの華奢(きゃしゃ)な女の子が、後ろから来た男に追い抜かれざまに突き飛ばされ、転(ころ)んでカバンの中身を散乱(さんらん)させる場面に出くわした。
　まわりの受験生たちは、だれも彼女を助けようとしない。
　みんな、自分のことで、あたまがいっぱいなんだろう。
　それも理解できるから、責(せ)めるつもりはない。
　どうせ、この世界は不完全だ。

「──変身」

　いつものコトバをクチにして、ぼくは車イスを飛び出した。
　道を行く受験生たちの中、泣きそうな顔で這(は)うようにしてカバンの中身を拾(ひろ)い集めている女の子の手伝いをするのに、ためらいはなかった。気がつくと、レイもとなりに来ていた。ひとりなら大変だったと思うけれど、3人で拾うと、あっという間に片づいた。
　拾っているあいだに、周囲に、小さな人の輪(わ)ができた。
　女の子は丁寧(ていねい)に御礼を言いつつも、得体(えたい)の知れないものを見るような目をぼくらに向け、人の輪を抜(ぬ)けて逃げるように去っていった。

すぐに時間切れになって、ぼくは、冷たい真冬のアスファルトに崩れ落ちた。レイに抱きかかえられて、車イスに戻る。
　これで今日はもう変身できないわけだけれど、朝からいいことをして、清々しい気分だった。
　その場を去る時、ふとなにかが気になって、ぼくはふり返った。ぼくたちを取り囲んでいた人の輪はもう東大路通のどこにもなく、それまでと同じ通行人の流れがあるだけだった。
　たしかに、違和感があったんだけれど……。
　ぼくは、なにが気になったんだろう？

　その日（1月20日）の午後、母——一角数代の運転するワゴン〈ノーダンサー〉で、ぼくとレイは烏丸通の見学に出かけた。
「今日は土曜日だから、帰りに御池のお花屋さんに寄りましょうね」
　出発する前に、母がそう言ったので、ぼくの胸は弾んでいた。
　〈フラワーガーデン〉という店名のあの「御池のお花屋さん」のことを考えるだけで、ぼくは、つい胸を高鳴らせてしまう。

　一角家から東一条通に出て、まっすぐ東に進むと東大路通に出る。その東山東一条（東大路通×東一条通）の交差点には「京大正門前」というバス停が、通りの両側にある。
　東大路通の西側のバス停からは北向きの、東側のバス停からは南向きのバスが出る。乗る方角を間違えると悲惨なことになるので、注意が要るだろう。このバス停を通るいくつかのバスのうち、201系統と206系統の循環バスを、ぼくは特に重視している。
　車イスでバスに乗るのは大変だから、今では〈ノーダンサー〉で移動することが多いけれど、事故の前は、ぼくもよくバスで京都市内を移動

した。だから、201系統と206系統の循環ルートで京都の地理を捉えているところがある。

　日本を代表する2大都市である東京と大阪には、鉄道の環状線がある。京都はそこまでの大都市ではないので、鉄道の環状線はない。その代わり、同じ区間をグルグル回る循環バスの路線が、鉄道の環状線の代わりに京都市内の重要拠点を回っている。中には、実際、京都環状線と名前のついている道路もあり、循環バスのルートと、かなり重なっている。

　201系統はやや小回りに、206系統は、それよりかなり大回りに京都市内を回っている。このふたつの系統のコースを基準に（XYグラフに書き加えて）考えると、京都市内の観光名所の位置が、いっそうわかりやすくなるだろう。

　その日は、ぼくの提案で、206系統のルートをなぞるように〈ノーダンサー〉で移動を開始した。京都大学本部の高い石壁を右手に、京都大学西部講堂を左手に、東山東一条から東大路通を北上する。

　今朝は受験生で賑わっていたけれど、一般の大学生はもうほとんど冬休みのような状態らしく、ふだんより大学生の数は少ない。

　東大路通を北上してひとつめの大きな交差点が、東西に走る今出川通と東大路通の交差する「百万遍」──。特別な名前がつけられたこの百万遍の交差点で、市内を小回りする201系統と大回りの206系統が枝分かれする。201系統は百万遍から今出川通を西へ進むのだが、母の運転する〈ノーダンサー〉は206系統のルートを辿って百万遍を通りすぎ、そのまま東大路通を北上し続ける──。

　今出川通よりも北になると、京都大学のキャンパスは通りから東側に奥まった場所に広がっているので、東大路通を走っていても、まったく

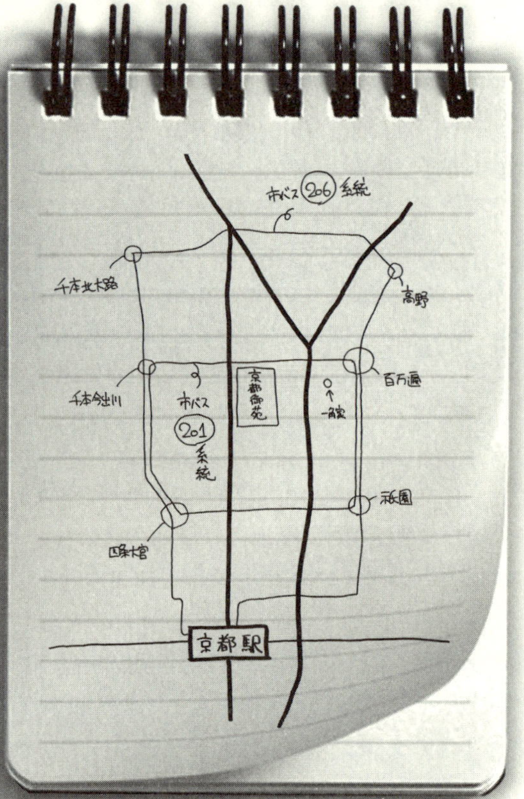
市バス 206 系統
千本北大路
高野
千本今出川
京都御苑
百万遍
一角家
市バス 201 系統
祇園
四条大宮
京都駅

見えなくなる。
　東大路通は東一条通のあたりから少しずつ北東に傾き続けているので、まっすぐな道路を走っているようでも、実は北東へ北東へと斜めに移動していることになる。
　京都市北東部を走る路面電車——叡山電鉄の線路を越え、東大路通は、ひたすら北東へ延びている。そうしてやがてつきあたるのが、「高野」という特別な名のついた、東大路通と北大路通の交差点だ。
　高野周辺には学生が多く住んでいて、大型のショッピングセンターやディスカウントストアなどが、通りを見下ろすかのように並んでいる。206系統のバスと同じく〈ノーダンサー〉はこの高野の交差点を直角に左に折れ、そこから北西へ延びる北大路通を進んだ。
　大通りを直進して、高野川に架かる高野橋を渡ってしばらく行くと、北大路通は、ようやくまっすぐ西向きとなる。そこから先は、はるか西の西大路通まで、ほぼ正確に東西に延びている。
　206系統のバスは西大路通のひとつ手前の大通り——千本通までこのまま北大路通を進んでいくルートだが、その日のぼくらはそこまでは進まず、賀茂川に架かる北大路橋を渡った少し先の烏丸北大路の交差点を南に折れて、烏丸通をひたすら南下することにした。
　烏丸北大路の交差点のすぐ近くには、京都市北部最大のバス乗り換えポイント——北大路バスターミナルがある。北大路バスターミナルは地下にあり、そのさらに下のフロアが地下鉄烏丸線の北大路駅だ。ここから京都駅まで行くなら、地上の烏丸通を行くよりも、信号のない地下鉄烏丸線のほうが、何倍も速い。それでも、その日のぼくたちは、あえて烏丸通を南下する選択をした。京都の南北のメインストリートであり京都市のY軸である烏丸通を、レイに案内したかったからだ。

「マジデ、マッスグ」

　烏丸北大路の交差点を車で曲がった時に、レイが、嬉しそうに声をあげた。烏丸通の北のほぼ終点であり、同時に京都市中心部のほぼ北の端となるこの烏丸北大路の交差点からでも、今日は天気がいいので、はるか南の京都タワーが、かすかに見えている。それだけ烏丸通がまっすぐ南北に走っている、ということだ。
　ほかの大通りは途中のどこかで少しずつ曲がっていることが多いのに、烏丸通は驚くほど南北にまっすぐである。京都の中心軸──南北のメインストリートとしての面目躍如、といったところか。
　視界の彼方──はるか南の果てに、点のように遠く小さく見えている京都タワーの展望台に、つい2週間ほど前にレイとふたりで上がったのが、もうなつかしい……。それほど濃密度な2週間だったのだ。

「ドンドン、ヒクク、ナッテル」

　烏丸通へと入ったとたんにレイが思わず指摘した通り、北大路通のあたりは、京都市の南側に比べると、やや高い場所にある。それは昔、天皇の住む御所が北にあったからで、南のほうへ行くにしたがって、どんどん低くなっているのだ。
　京都の大通りの中ではもっとも完全な直線に近い烏丸通も、さすがに完全ではない。この世界は完璧ではないから、完全なんて、ない。ひたすらまっすぐに見える烏丸通も、少しずつは曲がっていて、さらに高度が下がることで視界が変わる。しばらくすると、障害物に遮られ、京都タワーは見えなくなってしまった。

北大路通から少し南に下がったところで、中央分離帯に大きな樹々が植えられた、北東から南西へ斜めに走っている通りを越える。京都ではほとんどの道路が直角に交差しているので、こうした斜めの交差がたまにあると、方向感覚がおかしくなる。
「これは、紫明通。京都では珍しい、ひたすら斜めに走る通りだ」
　さらにまっすぐ南へ進むと、左右に烏丸中学校と室町小学校、さらに同志社中学校——校舎とグラウンドからなる学校の大きな敷地が連続で並び、その先で同志社大学のキャンパスを越えると、左手に巨大な緑の広がりが見えてくる。
「目の前を左右に走っているのが今出川通。ここをずっと東に行くと、さっきの百万遍に戻る。で、この緑の大きいのが京都御苑——」
　レイはその時点ではまだ京都御苑を見ていなかったので、"Wow! How big!"と、思わず英語で驚きの声を発していた。

　実際、京都御苑は巨きい。今出川通の先に、まっすぐ南へ——延々と1キロメートル以上も京都御苑の緑が続いている。
「京都御苑は市民の憩いの場所だから、また来ようよレイ」
　今出川通の少し南には、かつて平安京でいちばん北の通りだった一条通がある。ただ、あまりにも細い通りなので、レイに注意をうながすあいだに通り過ぎてしまったほどだ。
　平安京は鴨川の西までだったので、一条通も鴨川で終わっている。その延長上となる鴨川の東にあるのが、ウチの近所の東一条通だ。

　延々と続く京都御苑の緑にようやく終わりが見えたのが、京都市を東西に貫く丸太町通との交差点——烏丸丸太町。ここにある某有名ファストフード店は、御所の前にあるということで京都の景観を意識し

て、かつては、他の地方とは異なる京都独自の落ちついた色あいで知られていた。ただ今日では店の看板の傾向が変わってしまったので、特に独自性はない。

　丸太町通を過ぎて少しすると、二条通もすぐに通り過ぎる。
「今、京都市は一条から順に二条、三条……と続いて、京都駅の南の十条まである。平安京の昔は九条までだったけれど」
　ぼくが説明すると、レイは九条という名前に反応した。
「クジョウ!?　ソレハ——ダイキクンノ、クジョウ?」
「そうだよ。大紀くんの九条が、平安京では南の端だったんだ」
　ぼくが毎週月曜日に家庭教師をしている小学生の九条大紀くんとは、2週めの時にもレイが会って話をして、いい感じだった。それは水曜日の中学生——若宮菜々ちゃんも、金曜日の高校生——姫沢凛ちゃんの場合も同じだった。レイは、ぼくの家族だけでなく、ぼくの生徒たちとも非常にうまくやってくれている。
「現在では、一条通や二条通は、小さな通りになってしまっている。物理的に大きな通りと言えるのは、五条通くらいかな。賑わいで言うと三条通や四条通は人気があるけれど、道幅は驚くほど狭いし」

　そうしてぼくが話しているあいだも車は南下し続けて、大きな東西の通り——〈フラワーガーデン〉のある御池通に出る。
　まずは烏丸通をこのまま南下してしまって、御池通には、帰りに寄ることになるだろう。花を買う都合上、そのほうがいい。
　車1台がやっと通れるという一条通や二条通に対して、御池通は、場所によっては10車線もある、幅50メートル道路だ。今日では一条通や二条通よりも、ほかの通りのほうが交通の動脈として機能している。

"Ace, how many 'jo's is Kyoto Station?"
(＝エース、京都駅は何番めの「条」になるの?)

　レイに質問された。
　最初、ハウメニ・ジョウズ (how many 'jo's) の意味がわからなかった。「何条?」という質問だと理解した時、思わず笑ってしまった。
　「そこは何条?」という質問にハウメニ (how many) を使った人は、1200年を超す京都の歴史でもレイが初めてかもしれない。
　「京都駅ビルと京都タワービルの少し北——東本願寺の手前を東西に走る通りが七条通(しちじょうどおり)だ。で、京都タワーとは反対側となる京都駅の南側——新幹線側の出入口は八条通(はちじょうどおり)に面していて『京都駅八条口』と呼ばれている」
　説明のあいだに御池通を過ぎ、最初の通りが姉小路通(あねやこうじどおり)——。

　烏丸姉小路(からすまあねやこうじ)の交差点の南東角(かど)には、歴史的なレンガづくりの建物が立っている。その外観(がいかん)とは対照的に、窓から見える中には、オシャレな服がたくさん見える。
　「エース、コレハ、ナニ?」
　「この建物が『新風館(しんぷうかん)』だよ。元は旧(きゅう)NTTのビルだったんだけど、今では、若者向けのショッピングビルになっていて、中にはレストランもいくつもある。広い中庭を取り囲むように店舗(てんぽ)が並ぶおもしろいつくりで、無料ライヴや地元ラジオの公開放送も、よく行われてるんだ。まだ歴史が浅いけれど、TVドラマで舞台(ぶたい)に使われたり、今では京都を代表する人気スポットのひとつだね。ここもまたいっしょに来ようよ、レイ」
　ぼくが誘うと、レイは嬉しそうに「ゼヒ!」と笑った。

姉小路通の次は、三条通——。

　三条通も、一条通や二条通と同じくさほど広い通りじゃないけれど、烏丸通から少し東に入った三条通にはよく知られた名店や歴史的な建物が並び、観光客や若者たちで賑わっている。

　北大路通からだとはるか小さく遠くに見えた京都タワーは、しばらく見えなくなっていたが、丸太町通を南に越えたあたりで、ふたたび高いビルの陰(かげ)から姿(すがた)を現(あらわ)した。三条通あたりからだと京都タワーがだいぶ大きく見え、市中まで南下してきた実感が湧(わ)く。

　三条通周辺の烏丸通は通りの両側に大きなビルが並ぶオフィス街(がい)だ。四条通まで行くにつれて、大手銀行のビルが増えてくる。

　三条通の次は、六角通(ろっかくどおり)——。
「ロッカク？　イッカク、ニ、ニテマス」
　レイが鋭く反応した。

「イッカク・ミーンズ・ゥアン・コーナァ。
**　　　　　ロッカク・ミーンズ・シクス・コーナァズ」**
*"**Ikkaku** means 'one corner'.*
*　　　**Rokkaku** means 'six corners'."*
（＝「一角」は「ひとつの角」の、
　　　「六角」は「6つの角」という意味だよ）

「ジャア……ニカク、サンカクハ？」
「どうだろ。それは聞いたことないな」
　ぼくが答えると、母がおかしそうに笑った。

六角通の信号が赤だったので、ちょうどいいタイミングで〈ノーダンサー〉は停車した。1月8日もここを通った。あの時は信号が青だったので一瞬で通り過ぎて、レイに見せられなかった。
「レイ——左のビルの中を見てよ」
　ぼくが注意をうながすと、レイは窓の外を——烏丸六角の角に建つガラス壁のビルを見て、"What!?"と、混乱した声をあげた。
「エース！　アレハ、ナンデスカ！」
　興奮して「ナニ？」が「ナンデスカ！」に戻っている。

　近代的なデザインのガラス壁のビルの中——
　築数百年——いや、築1000年は軽く経過してそうな、とても存在感のある歴史的なお堂が見えている。

　ビルの中に歴史的なお堂が存在している光景はとてもシュールで、近代と古代の溶けあう京都を象徴するような、ぼくの好きな眺めだ。
　これをレイに見せることができただけでも、今日の烏丸通ツアーは成功だった。
　母にもわかるように、わざと「フワッツ・ズェアット？」を使って、ぼくは謎かけをするように、レイに問いかけた。

「(ゥ)レイ、ハウ・ドゥユ・スィンク？　フワッツ・ズェアット？」
"Ray, how do you think? What's that?"
(=レイ、どう思う？　あれは、なんだと？)

　ぼくが訊くと、信号待ちをしている運転席の母も悪戯っぽく"What's that?"と、ネイティヴのような発音でレイに言う。

「ワカラナァイ。デモ……"Perfect"！ エース、アレハ、ナニ？」

「アクチュアリ、ヒァ・イッズァ・センタァヴ・キョウトゥ」
"Actually, here is the center of Kyoto."
(=実は、ここが京都の中心なんだ)

　レイが彼のクチ癖"Perfect!"をクチにする時は、ほんとに最大限に興奮している時だ。この2週間の生活で、そうぼくは感じている。
　レイの"Perfect!"を聞くたびに、ぼくは、自分がいつも否定している〈完璧な世界〉のことを考える。カタカナの「パーフェクト」表記は日本ではすっかり定着していて、それは、もう英語とは独立した日本語特有の発音だと考えたほうがいいかもしれない……。

　この「パーフェクト」こそは、「カラスマル」以上に多くの人が勘違いしている完全な誤解——"A perfect misunderstanding"だ。
　〈キャナスピーク〉では、"perfect"の発音は、決して「パーフェクト」とはならない。もし"perfect"を動詞として使うのなら"fect"は「フェクト」とも読めるのだけれど、ふつうに名詞や形容詞として使う時は、"fect"は「フィクト」——となる。

　英語の"i"の発音は厳密には「エ」のクチをして「イ」と言うから、「フェクト」でも間違いではない、という考え方もできる。
　ただ、それを言うなら"big"は「ベッグ」で、"drink"は「ドゥリェンク」となってしまう。日本人の耳には"i"は「イ」と聞こえるから、〈キャナスピーク〉的には「フィクト」が正解だ。

そして、"per"は「パー」ではなく、もっとクチの中で音をこもらせる「プゥォ」が正解だ。そう考えるなら、ぼくが否定する〈完璧な世界〉は、厳密には「プゥォフィクト・ゥァーゥド」——となる。

　だから、ぼくのクチ癖である「なんて不完全なんだ、この世界は！」——"I'm in an imperfect world." を〈キャナスピーク〉で表すなら、「アイム・イン・アン」と「インプゥォフィクト・ゥァーゥド」の音がつながって、それこそ呪文のような、こんな魔法のコトバになる。

「アイミナニンプゥォフィクト・ゥァーゥド」

Lesson. 3 At That, Advance Lots of Plots

(aとtheと、たくらみを未来へ)

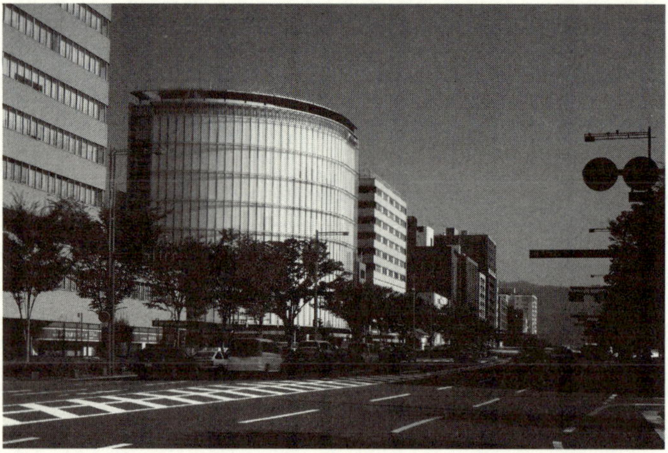

1

　母の英語学習は、少しずつでも進んでいる。
　母が "a" や "an" と "the" の違いに興味を持った時、ぼくは、母の英語センスが前進しているのを実感した。
　"What's that?" "What's this?" "What's it?" の3点セットを駆使して母が身のまわりのものの英語名を質問してきた時、ぼくか父かレイのだれかが答えるようにしている。
　答え方は "That is (This is / It is) 〜." だ。
　わかりやすい例で言うなら——

「ズィスィズァ・ペン」
"This is a pen."
（=これはペンです）

　——とまあ、そんな感じだ。
　イズァは、イズ (is) とア (a) の音がつながったもので、これがイズ (is) とアン (an) ならイズァンで、後ろにェアプゥ (apple =リンゴ) のような音がきて、音がつながる場合、たとえば、こんな風になる。

「ズェアッティズァネェアプゥ」
"That is an apple."
（=あれはリンゴです）

ア (a) やアン (an) でなくズァ (the) の場合なら――

「イッティッズァ・ウオッシュイン・マァシュイン」
"It is the washing machine."
(=それは洗濯機です)

　最初のうち、母は英単語に "a" や "an" や "the" がついていることを、そんなに気にしてはいなかった。ある時から急に気になりだしたのは、母に英語感覚が身についてきた証拠だ。

　ある日の夕食の席で、母が思い出したように切り出した。
　「ねえ、みんな。"a" と "an" の違いは、なんとなくわかるけれど、"the" は、どう違うの？　どっちを使ってもいいの？」
　質問されて、レイなどはキョトンとしていた。ネイティヴ・スピーカーにとってはアタリマエのことすぎて、改まって訊かれると、ちょっと困ってしまうのかもしれない。
　父は「いや、そんなことはない――」と結論だけ言ってから「それは、エースから説明してもらおう」と、任された。
　今まで20年近くも英数と呼ばれ続けてきた両親ふたりともから急に「エース」と呼ばれるのは、まだ抵抗がある。レイには最初から「エース」と呼んでもらっているし、最近では3人の生徒からも「エース先生」と呼ばれているから、「エース」のほうにも慣れつつはある。でも、少しずつ自分が今までと違う自分になっていくようで、ちょっと気持ち悪い。そもそも最初にレイに「エース」という呼び名を提案したのはぼくだから、文句は言えない立場だけれど……。

ぼくの人生で、ぼくの名前を初めて「エース」と呼んでくれた、少年野球チームの神田徳太郎監督のことを、最近は、よく思い出すようになった。監督の息子で、ぼくの良きライバルであった神田特球のことも。神田親子を思い出す回数が増えたのは、絶対に「エース」という呼び名のせいだと思う。
　まあ、それはさておき――母への説明だ。

「どっちを使ってもいいことはなくて、"a"がついているかいないか、"a"と"the"のどちらがついているかでも、まったく意味が違うんだ。その感覚は日本語にはないものだから、日本人がいちばん間違えやすいポイントかもしれない」
　ぼくのコトバに父がうなずいてくれる一方で、母は「え、そうなの〜？」と、本気でイヤそうな顔になった。また難しいことを言われるのか……と身構えたようだ。
「そんなに難しく考えなくていいよ、母さん。まず"a"と"an"の違いから説明すると、後ろにアイウエオの母音がくるかどうかだけ。後ろに母音が来る時には"an"になってそのほかは"a"――。唯一、気をつけないといけないのは単語の先頭のアルファベットが"a""i""u""e""o"でもアイウエオと読まない音もたまにある、ってこと。まぁ、滅多にないけれどね」
「やっぱり例外とかあるのねえ。お母さん、例外とかキライなのよお。年だから、おぼえられなくて」
「だいじょうぶだって。韓流スターの名前をあれだけおぼえられるんだから、そのくらい楽勝だよ」
「それは……興味があるから……」
「じゃあ、興味持ってよ。レイのためにも――」

卑怯だけど「レイのために」と言われると母は弱い。これでたいていの願いは通る、それこそ魔法のコトバだ。
　タイミング良くレイが「オネガイデス、オカアサン」と言ってくれたので、俄然、母はヤル気になった。
「そうねえ。レイのためにも、がんばらないと——！」
　食卓の上のカゴに入った数個のオレンジに目をつけて、ぼくは、それらのオレンジを題材に説明を続けた。
「たとえば、このオレンジで説明しようか。ちなみに『オレンジ』と言っても外国人には通じない。〈キャナスピーク〉だと、オー（ゥ）リンヂュ（orange）と言わないといけない。この単語は先頭が"o"で「オ」と読む母音だから、前につく冠詞は"an"になる。音がつながると、アノォー（ゥ）リンヂュ（an orange）だ」
「ちょっと待ってよ、エース。そこで、『ザ・オレンジ』じゃダメなの？」
　痛快なほど日本人っぽいカタカナ発音で、母がぼくに質問した。
「それを今から説明するよ。まず"a"や"an"という冠詞の特性について話すと、このふたつの冠詞は、絶対に、数えられる名詞にだけつく。オレンジも1個2個と数えられるから、"an"がつく——ってわけ」
「数えられないものなんて、あるの？」
「だって液体とか粉末とか、数えられないじゃない。文法用語で言うと、数えられるのが可算名詞。数えられないのが不可算名詞だね。辞書で名詞ごとに必ず載ってる"C""U"ってのがそうだよ。すべての名詞に必ず注意が載ってるというのは、可算か不可算かがそれだけ重要だから。ちなみに"C"はカゥンタブゥ（countable＝数えられる）の、"U"はアンカゥンタブゥ（uncountable＝数えられない）の略ね」
　ぼくが掘り下げて話すと、すかさず母は抵抗を示した。

「だからー、お母さん、そういう文法用語が苦手なの。あたまに入らないから、やめて」

母がそう言うのも予測の範囲内だ。一応は言っておいたほうがいいと思ったから言ったけれど、もちろん、文法用語なんて、おぼえる必要はない。英語の名詞は数えられるか・数えられないかの違いが最重要なんだ、ということだけ伝えられればいい。

「ごめんごめん。難しい用語は抜きにして、どうして数えられるかどうかを気にするかと言うと、"a" や "an" というのは『それと同じものがたくさんあるものの中の、ひとつ』であることを示す単語だから、なんだよ。だから、アノー（ゥ）リンヂュ（an orange）というのは、この世の中に無数にあるオレンジの1個ということを示しているんだ」

「……よくわからないわ。それだけのことだったら、別に "an" をつけなくても、単にオレンジじゃダメなの?」

うーん……と説明に窮したぼくに、父が助け舟を出してくれた。

「数代——実はな、"orange" と "an orange" は、まったく別の意味を持つ、違う単語なんだ」

「ええーっ！ ウソでしょ、お父さん。だって、オレンジにアンをつけるかつけないか、というだけの話で……」

「エースの説明を補足しよう。"an" のつかない "orange" は、それが、数えられないオレンジであることを示している」

「数えられない——って、オレンジは数えられるけれど?」

「そう、ふつうはな。でも "an" がつかない以上、ネイティヴはそれが数えられないオレンジだと判断する。たとえば、細かく刻んでポテトサラダといっしょにサンドイッチに入っている小さなオレンジとか、オレンジジュースになってしまった液体のオレンジが "an" のつかない "orange" だ。これは、皮を剝く前の1個の "an orange" とは、もはや

単語の示しているものが違うだろう？ ネイティヴは"an"の有無でそれを判断する。だから、数えられる名詞には必ず"a"や"an"をつけないといけないし、つけなくてもいいのは、それが数えられない状態になった時だけだ」

　首を傾げながらも「ふーん……」と、母は少しずつわかりかけてきたようだった。「じゃあ『ザ』は？」と、続きを催促してきた。

　父は、ぼくに目線を寄越す。また説明しろと言うことらしい。

　なんだか、教え子として理解力が試されているような気分だ。

「"the"も名詞につく冠詞だけれど、"a"や"an"と違って、数えられるかどうかは重要じゃない。ただ、話す人と聞く人の両方——その場にいる全員が同じひとつのものだけを思い浮かべられる場合につける『世界にただひとつの、それ』という意味を持つ冠詞なんだ」

　説明が悪かったか、母は、まったく理解していない顔だった。

「たとえば、この家にダイニングテーブルはひとつしかないじゃない？ それを知っているぼくら4人のあいだで話す時は、ズァ・ダイニィン・テイブゥ（the dining table）となるわけだよ。ここにもしお客さんがいて、その前でア・ダイニィン・テイブゥ（a dining table）と言ってしまった場合、お客さんには見えていない家のどこかに、ほかのダイニングテーブルがあるんだな、と思われちゃうことになるんだ。勘ぐりすぎとかじゃなくて、それが英語を話す人の思考回路だから仕方ない。テイブゥ（table）は数えられる名詞だから、ダイニングテーブルにはふつうは"a"か"the"をつけないとネイティヴに気持ち悪い感じを与えてしまう。ただし、目の前に、たとえば粉々に砕かれたダイニングテーブルの残骸がある場合とかだと、それはもう数えられる状態じゃないから、逆に、"a"も"the"もつけなくてもいい。その時は冠詞をつけなくても、ネイティヴの人も納得してくれる——よね、レイ？」

レイはいきなり話を振られて驚きながらも、「ソウダネ」と同意してくれた。「エースノセツメイ、キョウミブカイ」とも言われた。ネイティヴにとってはアタリマエの感覚を、ぼくたち日本人が必死に理屈で分析しているのが、彼には、おもしろく見えるらしい。家庭教師の授業に同席してもらっている最中にも、よく「キョウミブカイ」を連発される。
　ぼくの説明が終わっても、母はまだとても理解しきれていないようだったが、「まあ、徐々にわかっていくだろう」という父の一声で救われたように「そうよねえ」と安心していた。
　たしかに、いきなり完璧にわかる必要などなくて、少しずつわかっていけばいいと思う。ぼくだって、そうだった。ただ、"a" や "an" と "the" とのあいだにはハッキリとした違いがあることがわかっていればいい。

　　　　"a" ……数えられる名詞には必ずつく
　　　　"an" ……母音で始まる数えられる名詞に必ずつく
　　　　"the" ……会話の参加者全員にわかる、唯一のもの
　　　冠詞なし……数えられない名詞、あるいは、元は数えられる
　　　　　　　　　名詞が数えられなくなったもの

　そうした使い方の差があることは、母も、充分に理解できたようだ。まだ先は長い。ほかの英語学習と並行して "a" や "an" と "the" の使い分けも少しずつ体得していけばいい。最終的には、今年が終わる頃までに、ちゃんと理解できればいいんだから。

2

　いきなりあれもこれもと詰め込んだら母もパンクしてしまうので、1月中の英語学習は、目標を絞り込んで、基礎固めに集中していた。
　身のまわりの単語や"a"や"an"と"the"の区別のほかに、まず母に取り組んでもらったのは、ごくカンタンな日常のあいさつをいくつかおぼえてもらうことだ。話せるフレーズをムリに急いで増やしていく必要は、まったくない。それよりは、ほんの数個でもいいから、くり返し使うことで、確実にマスターしていけばいい。
　目標を絞り込むことで、母は"What's that?""What's this?""What's it?"の3フレーズを短期間で自分のものにした。その延長上にあるのは、あいさつの体得だとぼくは思った。
　日常生活に必要なあいさつは、そんなにたくさんはない。

　まずは「おはよう」と「おやすみ」をふたつずつ──。
　「おはよう」は、お約束の「グッモーニン（Good morning）！」で問題ない。親しい間柄なら、単に「モーニン（Morning）！」だけでもいい。一角家内では「モーニン」が採用されることになった。
　「おやすみ」も「グッナイッ（Good Night）！」で問題ないのだけれど、レイが教えてくれたネイティヴが家族や友人とのあいだで用いるという「ナイティ・ナイッ（nighty-night）」が一角家では1月から「おやすみ」のお約束フレーズとなった。この表現は「ナイッ・ナイッ（night-night）」とも言うようだ。

英語では「いってらっしゃい」「ただいま」「おかえり」とあいさつするコトバがない。その習慣がないからだ。
　「いってらっしゃい」の場合だと、そのもののコトバがないため、それに代わるものとして使うとすれば、以下の2つだろう。

「テイケァ」
"Take care."
(＝気をつけてね)

「ヘアヴァ・ナイス・デイ」
"Have a nice day!"
(＝良い1日を！)

　言われる側（今から出かける人）なら、こう答える。

「スェアンクス、イゥ・トゥ。スィー・イゥ・レイタァ」
"Thanks, you too. See you later."
(＝ありがとう、あなたも。じゃあ、またね)

　スィー・イゥ・レイタァ (see you later) は、スィー・イゥ (see you ＝じゃあね) だけでもいいし、家族に対してならレイタァ (later ＝あとでね) だけでもいい。

　「ただいま」と「おかえり」に関しては、お互いに「ハァイ・ディア (Hi, dear)！」（＝やあ、大好きなあなた）とあいさつするか、そうでなければ

帰宅した側が「アイム・ベアク (I'm back.)」(＝帰ったよ) や「アイム・ホゥム (I'm home.)」(＝家に戻ったよ) などと声をかけて、迎える側は「ハゥ・ウァズ〜 (How was〜)?」(＝〜はどうだった？) で応じるしかないだろう。

　一角家の場合は、ぼくと父とレイで相談した結果、一応、おきまりのあいさつを設定した。

　まず「いってらっしゃい」──。
　これを朝に言うとして、母がぼくや父を見送る時には「ヘアヴァ・ナイス・デイ」を使い、見送られるぼくらは、英語──というか〈キャナスピーク〉で「スェアンクス、イゥ・トゥ。スィー・イゥ・レイタァ」と応える。もし昼以降なら、母は、ぼくと父には「テイケァ」を使い、見送られるぼくらの反応は同じか、省略形とする。
　レイを見送る場合には、母は「ヘアヴァ・ナイス・デイ」や「テイケァ」に加えて日本語で「いってらっしゃい」と、ぼくと父も「いってらっしゃい」と日本語でのみ言い、レイは「イッテキマス」と応える。レイが帰ってくる時はこの逆で、「タダイマ」と言うレイを迎えるのがぼくか父なら「おかえり」と日本語で、迎えるのが母なら「おかえり」だけでなく──

「ハゥ・ウァズ・イゥア・デイ？」
"How was your day?"
(＝今日は、どうだった？)

「ハゥ・ウァズ・イゥア・イゥナァヴァスティ？」
"How was your university?"
(＝大学は、どうだった？)

――などと、ハゥ・ゥァズ〜（How was〜）？　で応える。
　逆に、家族のだれかをレイが迎える場合はレイが「オカエリ（ナサイ）」と言い、帰ってきた家族がぼくか父なら「ただいま」と、帰ってきたのが母なら「ただいま」に加えて、「ハアイ・ディア、アイム・ホゥム」や「ハアイ、アイム・ベアク」などと応える。
　そういうルールになった。

　こうして整理すると煩雑なようだけれど、母がおぼえるのはほんの数フレーズだ。最初のうちは、うまく言えなかったものの、ほかのフレーズはいっさい勉強せずこれらを感覚的に身につけることだけに集中してもらったから、何日も続けているうちに、すぐに上達した。1月の下旬になる頃には、上にあげたようなカンタンなあいさつにおいても、そこだけを見ればネイティヴと遜色のないレベルまで母は達したのだった。

3

　わが家——一角家でいっしょに生活するようになってからレイに驚かされたことはいろいろあるけれど、彼が日本のNHK大河ドラマや仮面ライダーにくわしかったのは、かなり大きな驚きだった。
　大河ドラマは衛星放送でも流されていて、レイは日本への留学を決めた数年前から日本語と日本の歴史の勉強のために、楽しく観ていたらしい。ぼくも日本の歴史が好きなので大河ドラマは幼少の頃から欠かさず観てはいるのだけれど、ここ数年——『功名が辻』『義経』『新選組!』『武蔵』『利家とまつ』あたりについてはレイのほうがくわしいかもしれないと思うほどだ。日本人として、少し焦った。

「ヤッパ、タイガデショウ、タイガ。ナカマ・ユキエ、スキデス。マツシマ・ナナコ、ヤ、イシハラ・サトミ、モ、ステガタイデスガ」

　まったく、「捨てがたい」なんて日本語を教えたのは、だれだ？
　って……ぼくか。じゃあ責められないな、そこは。
　大河について語らせると、いつでもレイは熱くなった。特にヒロインについて。
　要するに、レイは、いかにも日本人っぽい女性が好きらしい。ぼくの教え子で言うと、中学生の若宮菜々ちゃんではなく、高校生の姫沢凛ちゃんのほうが、明らかにレイの好みだろう。菜々ちゃんがストレートパーマを当て茶髪の前髪を下ろしたギャル系の容貌であるのに対し、

凛ちゃんは肩くらいまである綺麗な黒髪をセンター分けした髪型だけでなく雰囲気も大河ドラマのヒロインたちのように、楚々としたところがあるからだ。「姫沢」という名字の凛ちゃんには「姫様」っぽい雰囲気があると、ぼくは前から感じていた。
　もちろん、レイが夢中になっているのは大河のヒロインだけじゃない。大河ドラマで語られる日本史そのものへの熱狂度と理解度の高さに、ぼくは心底、驚かされている。
　1月のはじめ、各種手続きに同行した時などにレイのパスポートを中まで何度も見ているから彼がアメリカ人「レイモンド・クオーツ（Raymond Quartz）」本人であることは疑う余地がないのだけれど、そんな保証がなかったら「こいつ……ひょっとして、ほんとは日本人じゃないの？」などと、思わず疑ってしまったかもしれない。
　そんなレイも、仮面ライダーは、さすがに、リアルタイムでは観ていないようだ。と言っても、ほとんどリアルタイムに近い。日本のコミック・ヒーローはニューヨークでも大人気で、過去の仮面ライダーは、DVDで、だいたい観ているらしい。近年の作品では、和のテイストが強かった『仮面ライダー響鬼』が特に好きだと言っていた。ほんとに、レイの日本好きは筋金入りだ。
　「カブト、オモシロイ、ラシイデスネ」
　なんてことも言ってたくらいだから、日本に来てリアルタイムで最終回直前からの『仮面ライダーカブト』を観ることができて、レイは大興奮していた。
　どうりで、彼がぼくの「変身」を抵抗なく受け容れられたはずだ。

　「エース、モ、ライダー、ダ。"wheelchair"（＝車イス）ノ、ライダー」

彼が「車イス」という日本語をおぼえる前——初めてぼくの「変身」を観たあとで、レイはそんなことを言っていた。彼の仮面ライダー好きを知って、うなずけた。
　かく言うぼくも、子どもの頃から仮面ライダーで育ったクチだ。ぼくが原因不明の「変身」に覚醒した理由は今のところわからないけれど、仮面ライダーの影響も確実にあるような気がする。
　毎週日曜日のTV放送が1年間続くという点で、仮面ライダーは、NHKの大河ドラマによく似ている。ある意味で、仮面ライダーは日本が世界に誇る、裏・大河ドラマなのかもしれない。
　まだ始まったばかりのぼくとレイの物語も、丸1年続くという意味では、ぼくにとっては「リアル大河ドラマ」のようなものだ。
　これがもし小説なら、さしずめ「大河ノベル」とでも言うところだろうか。さて、このぼくたちの「大河」は、いったい、どんなストーリーへ進んでいくことやら……。

　日本に来てすぐ『仮面ライダーカブト』を最終回直前から観ることができて、レイは、ほんとうに興奮していた。『仮面ライダーカブト』最終回は、今週、1月21日の日曜日——ぼくが烏丸通にレイを案内した次の日に放送された。そして、新しい仮面ライダーの放送は、もう目前に迫っている。今年は、新しい仮面ライダーを初めてリアルタイムで観ることができる……それがレイにはほんとに嬉しいようだった。それだけでも日本に来た甲斐があった、というくらいの勢いで喜んでいる。

　そんなレイが日本に来て、早くも3週間が経過しつつある……。

　この3週間、レイは1度も故郷に電話していない。

ぼくも両親もそのことを気にかけていて、レイに「実家に電話したら?」と言っているのだけれど、レイは頑なに、そこは英語で否定していた。

**"I try not to call New York,
　　　because I hate to get homesick."**
(=ぼくは、ニューヨークに電話しないようにしてるんだ。
　　　ホームシックには、なりたくないからね)

　レイの決意は堅そうで、そう言われてはムリ強いはできない。それにしても、まさか1年間ずっと連絡しないわけにもいかないだろう。レイのご家族も心配すると思うのだが……そこはレイ的には譲れないポイントのようだ。
　レイは、ぼくが訊けば、アメリカのことをなんでも教えてくれる。でも、ニューヨークでの個人的な想い出や彼の家族の話になると、急に話題を逸らすか、クチを閉ざしてしまう。レイの日本留学にはもちろんご家族も賛成してくれていると思うのだが……なにかイヤなことでもあったのだろうか?
　秘密──と言えば大げさすぎるかもしれないけれど、レイについては、まだまだわからないことが多い。

　ぼくはレイと会って初めて知ったのだけれど、アメリカではほとんどの州で21歳にならないとお酒を飲めない──その代わりタバコは18歳から喫っていいらしい。レイもぼくも、タバコは喫わない。ぼくもレイも今年ハタチになるけれど、まだ誕生日の前で19歳だから、日本の法律上、お酒を飲むわけにはいかない。

「レイ——ここは日本だから、日本の法律を守っていれば問題ない。ハタチになったら、お酒を飲んでみるか？」

そう言った父に、レイは「ソレハ、ヤバイデス」と、おぼえたての日本語を交じえ、やんわりと断っていた。

あとでふたりきりになった時、レイは告白してくれた。

「ジツハ、ボク、オサケ、ノンダ」

懺悔のような口調で告白するレイに、ぼくは「飲んだことあるの？」と訊き返した。「ぼくも、少しくらいならあるよ」とフォローも加えた。

「エース、オボエテル？　ボクノ、"constitution"」

カンスティトゥシャン（constitution）——つまり体質の話をレイとしたことは、もちろん、おぼえている。京都タワーで初めてぼくの「変身」を目撃した直後、レイは「ぼくも特異体質なんだ」と告白してくれたのだった。ぼくと同じような特異体質だという話だったけれど……。

「もちろん、おぼえてるよ。レイも特異体質なんだよね？」

ぼくが相槌を打つと、レイは嬉しそうにうなずいた。

「ソウ、タイシツ。ボクノ、タイシツ……ジツハ、オサケノンダラ、エースミタイニ、ヘンシン」

「お酒を飲んだら変身する体質なの⁉」

驚いて訊き返すと、レイは「ソウ」と神妙にうなずいた。

それは、ただの「酔っぱらい」じゃないのだろうか……という冷静なツッコミが浮かんで思わず笑いそうになったが、レイが真剣な顔だったので笑うのはかわいそうで、ガマンした。

レイが父の誘いを断ったのは、そういうことか……。

彼は「ヤバイ」と言っていた。

ほんとにヤバイ変身なんだろうか？
「それって……どんな変身？」
　ぼくは怖々と訊いた。
　答えてもらえないかも、と思いながら。
　レイは答えに迷いながら、少し冗談っぽく言った。
「キュウニ、ニホンゴ、ジョウズニナル……トカ」
　レイのお茶の濁し方がおかしくて、ぼくは笑った。
「それなら、ぜんぜん問題ないじゃん。そんな能力があるなら、ハタチになって日本にいるあいだにガンガンお酒を飲めばいい」
　ぼくが言うとレイは「マアネ……」と気まずそうな、それでいて寂しそうな顔になる。どうやら、ほんとのことは言いたくないらしい。
　まだその時期ではない、ということなのか……。
　レイにはいろんな秘密があるように感じるのは、ぼくの気のせいだろうか？　ぼくは彼のことを、ぜんぜん理解できていないのかもしれない。
　そうした秘密めいたところの多いレイにぼくが強い親しみをおぼえるのは、実際に会ってから、彼が、ぼくと同じ３月３日の生まれだと知ったことも関係している。この不完全な世界には運命なんてないとしても、たまに、こうした歓迎すべき偶然があると嬉しい。
　少なくとも今はお酒を飲むつもりがないらしいレイは、あと１か月と少ししたら――３月３日にハタチを迎えたら、飲んで、ぼくに「変身」を見せてくれるだろうか？
　毎日が濃密度だから、ほんの１か月ちょっと先のことさえ、まだ予想できない。

4

　1月27日──1月最後の土曜日も、レイを京都見物に誘い出すことにした。出かける前には、先週に引き続き、京都の地理について、ごくカンタンに整理して、レイに教えた。
　また白紙を取り出し、ぼくは手書きで地図を描いていく。
　「ここが京都駅とすると、京都をまっすぐ南北に貫いているこの中心軸が烏丸通──。レイ、烏丸通はおぼえたよね?」
　「ダイジョウブ。オボエマシタ」
　そこは「オボエタ」でいいと何度も言っているのだが、レイにとっては「ダイジョウブ。オボエマシタ」で1フレーズのような感じなので、今のところ、そのまま放置している。
　「まず南北に走る主要な通りにだけ注目してもらおう。烏丸通を中心に、そのひとつ東の大通りが河原町通、河原町通の少し東には鴨川があって、鴨川沿いを走っているのが川端通、その東の大通りが東大路通。東大路通のさらに東の白川通は東山のすぐ近くを南北に走っていて、主要な通りでは京都市の東端となる」
　このあたりは一角家や京都大学、それにレイの働いているスーパーの近くなので、レイも、かなり把握しているようだ。
　「烏丸通のひとつ西の大通りは堀川通、さらに西に千本通、西大路通と続く。西大路通を過ぎて西へ行くにつれて、次第に郊外になっていく。京都市のいちばん東から順に白川通、東大路通、川端通、河原町通、烏丸通、堀川通、千本通、西大路通──これが南北に走る主要

な通りのすべてだ。これだけわかってたら、まず困らない」
　レイがちゃんと話についてきていることを横目で確認してから、ぼくは同じ地図に今度は東西の主要な通りを書いていく。
　「京都駅の南側には、東西の主要な通りは九条通(くじょうどおり)だけだ」
　「クジョウ！　ソレハ──ダイキクンノ、クジョウダ」
　先週と同じく、レイが「九条」に反応(はんのう)したのがおかしかった。
　「そう。大紀(だいき)くんの名字(みょうじ)でもある、平安京の南端(みなみはし)だった九条通が、現在の京都市でも、主要な東西の通りではいちばん南となる。で、京都駅の北に移(うつ)ると、京都タワービルの少し北を東西に走る七条通(しちじょうどおり)、交通の大動脈(だいどうみゃく)である五条通(ごじょうどおり)、地下を私鉄の阪急(はんきゅう)電車が走っている京都でもっとも賑(にぎ)わう四条通(しじょうどおり)、地下を地下鉄の東西線が走っている御池通(おいけどおり)、京都御苑(きょうとぎょえん)の南を東西に走る丸太町通(まるたまちどおり)、京都御苑の北を東西に走る今出川通(いまでがわどおり)──」
　次々と地図上に東西の通りを書き込んでいくぼくのとなりで、レイが「マルタマチ、ト、イマデガワ──ヨクシッテル」と、顔をほころばせた。京都大学生にはなじみのある通りだからだ。
　「今出川通の北には、先週、レイといっしょに通った北大路通(きたおおじどおり)」
　「ダイジョウブ。オボエマシタ」
　「北大路通のひとつ北にある北山通(きたやまどおり)が、東西の主要な通りでは京都市の北の端(はし)となる。南端からもう１度確認すると、九条通、七条通、五条通、四条通、御池通、丸太町通、今出川通、北大路通、北山通──これが東西に走る主要な通りすべてだ。いきなりぜんぶおぼえるのは難しいだろうけれど、この東西南北の主要な通りがわかっていれば、先週話した市バス201系統(けいとう)と206系統の循環(じゅんかん)バスの路線(ろせん)も理解しやすいし、京都市内の名所がどこに位置しているのか、近くの大通りを確認することで、すぐにわかるわけだよ」

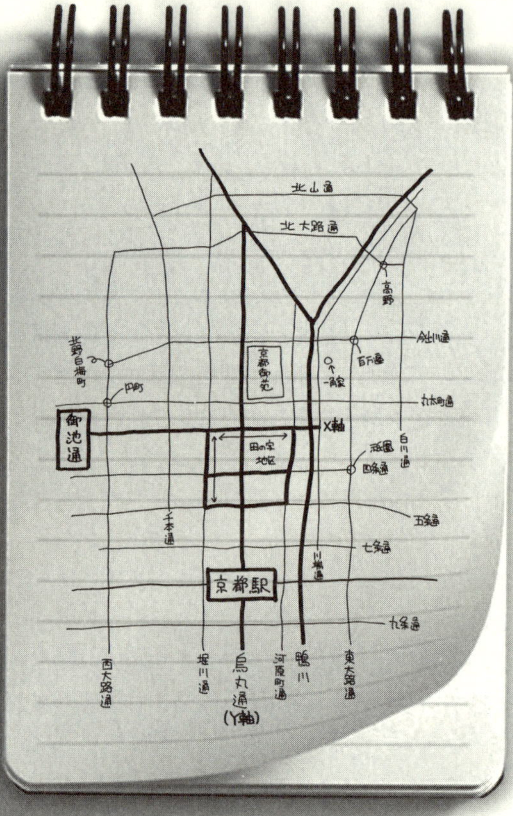

北山通
北大路通
高野
今出川通
北野白梅町
京都御苑
百万遍
一角家
円町
丸太町通
御池通
X軸
田の字地区
祇園
白川通
四条通
五条通
千本通
七条通
川端通
京都駅
九条通
西大路通
堀川通
烏丸通
(Y軸)
河原町通
鴨川
東大路通

ぼくの説明にレイは「キョウミブカイ」と納得した。

　南北と東西の主要な通りが格子をつくっている手書きの地図の中心あたりを指でなぞりながら、レイに説明した。
「これは京都人じゃないとまず知らないだろうけれど、京都市の中でも、この中心部は特に『田の字地区』と呼ばれている。『田の字地区』内に４世代以上住んでいないと、リッパな京都人とは認められない──という考え方も昔からあるほどだよ」
　ぼくのコトバに、レイは、なぜか「タノジ？」と過剰な反応を示した。

「カンジの『田』の字──レイ、わかるかな？」
「シッテル。ソレ、イチバンスキナ、カンジ」
「ええっ？　『田』の字が、いちばん好き？」
　なにか理由があるのか……？　よくわからない子だ。

「『田の字地区』と呼ばれるのは、御池通、河原町通、五条通、堀川通に囲まれた、この地域だよ。４つの大通りが『口』の字をつくり、その中に烏丸通と四条通の直角交差が『十』を加えて『田』の字になる、ってわけ。たしかに、『田の字地区』は京都でいちばん栄えているし、豊かな歴史のある地区でね。もし、この地区の外の人が『自分は京都人だ』と粋がろうものなら『ほな、おたくは前の戦争から京都にいはるの？』と、京都流の厭味を言われることになるだろうなあ」
「マエノ、センソウ……ソレハ、イラクセンソウ？」
　レイが真顔でトボけたことを言うから、笑ってしまった。
「もっと、ずっと前だよ。京都人のスケールでの、前の戦争」
「エエッ……ジャア、"World War Ⅱ"（＝第２次世界大戦）？」

「もっと前――。応仁の乱」
ぼくが言うと、レイは"What!?"と目を見開いた。
「オウニンノ、ラン――ッテ、アノ?」
それを知っているとは、レイの日本史好きも筋金入りだ。
まあ、毎年のように大河ドラマを観ているなら知っているか。
「そう。西暦1467年、日本の戦国時代の幕開けになった応仁の乱だよ」

"Wooow! Unbelievable!"
(＝うわあ！　信じられないよ！)

驚きあきれつつも、レイは、ますます京都という独特の土地柄に関心を強めたようだった。反射的に英語で驚いたあと、少し冷静になって「キョウト、キョウミブカイ」と、しみじみとした口調で言った。

5

　で、いろいろ考えた末に、最初に思いついていた通り、1月27日は、レイと御池通をザッと見物することになった。
　母の運転する〈ノーダンサー〉で、川端通から丸太町通へ出た。丸太町通は、京都市を東の端から西の端——嵐山の近くまで貫いている。鴨川に架かる丸太町橋を渡り西へ進むあいだ、レイはワゴンの助手席で、ぼくが書いてあげた地図を片手に、教わったばかりの知識を復習していた。
　丸太町通を西へ進んでいくと、鴨川の次に通り過ぎる南北の大通りは河原町通だ。河原町通を過ぎるとすぐに、右手に京都御苑の巨大な緑の広がりが見えてくる。先週走った烏丸通側より短いが、丸太町通側も御所は延々と1キロメートル近く続いている。左手に京都地方裁判所を過ぎてすぐのところにある、堺町御門——ここが京都御苑の正門であることは、意外に知られていない。
　京都御苑の終わる烏丸丸太町は、先週も通った交差点だ。先週は、ここから烏丸通を南に下がった。今週は、丸太町通を西へ進む。同じ交差点を通るのでも、どちらの道へ進むかによって目的地は大きく異なる。まるで、ぼくたちの未来のようだ。

　レイも先週のことを思い出したらしい。
「センシュウノ、アレハ、オドロキマシタ」
「先週の——あれ？」

一応は訊き返したが、見当はついている。
　レイが言っているのは、ぼくが彼を驚かせた、烏丸六角の交差点の北東角に建つビルの中に見えていた、歴史的なお堂のことだろう。
　案の定、レイは「ロッカクドウ」と言った。

　烏丸六角の交差点から六角通を少し東に入ったところに、六角堂として知られる六角形のお堂がある。聖徳太子の創建と伝えられ、太古から京都の中心に位置しているとされている寺院だ。
　六角堂の敷地は烏丸通から奥まったところにあり、直接は面していない。でも、交差点の角に建つビルがガラス張りなので、烏丸通から見ると、まるでビルの中にお堂があるようなありえない眺めとなり、慣れているぼくでさえ、何度見てもギョッとさせられる。レイにとっても、あれは相当インパクトがあったらしく、見せられて良かった。

　烏丸丸太町を西へ進むと、右手に、歴史的な建物へと通じる幅広の並木道が見える。並木道のつきあたりに見えている歴史的な建物は京都府庁で、この幅広の並木道は釜座通という名前だ。京都府庁の周囲には、京都府警察本部や京都地方検察庁、上京消防署、京都第二赤十字病院など、重要施設が集中している。
　釜座通を過ぎると、車だと、すぐに堀川に至る。
　堀川沿いを堀川通が走っているのではなく、堀川通沿いを堀川が走っているかのように、小さな川だ。増水時に備え地面より数メートル下までコンクリートで堤防のように固められている。川幅自体は狭く、用水路のようでさえある。将来的に、この堀川を鴨川のように美しい川へとつくり変えていく計画を昔から市が発表しているけれど、まだ実現の見通しは立っていない。

堀川(通)を過ぎると、道が少し斜めになる区間を抜けて、丸太町通は南北に走る次なる主要な通り──千本通へと至る。

「平安京の昔、当時の京都御所の正門から都の中心を南北に貫く『朱雀大路』という名の最大の大通りがあった。当時のスケールは見る影もないけれど、実は、この千本通が当時の朱雀大路なんだ」

　ぼくが説明すると、レイは「マジナノ?」と驚く。
「マジだよ。この交差点──千本丸太町のあたりが昔、京都御所の中心だったらしい。大極殿という建物の跡が発掘されていて、近くの公園に記念碑がある。都の中でも、このあたりは特に重要な場所だったわけだよ」
　興味があるのか、納得したように、レイはうなずいている。

　千本丸太町を過ぎると、西へ行くにつれて、少しずつ道路が高くなって──いちばん高くなったところで、小さな川に架かった橋を越えて、今度は下り坂になる。
「エース、イマノ、カワワ(カワハ)?」
　カタカナっぽく「カワワ」と訊かれると、なんだか犬の名前みたいで、ふしぎな感じだった。ぼくの〈キャナスピーク〉もネイティヴには、そんなふうに聞こえているんだろうか?
「ああ。今の川は、天神川。さっきの川をずっと北に行ったところに、梅の名所や学業の神様として知られる、北野天満宮という、有名な神社がある。北野天満宮は『天神さん』の愛称で親しまれていて、その天神さんのとなりを流れる川だから、天神川──。今日は、あとでまた天神川にぶつかるよ。下流のほうで」

天神川を越えて坂を下ったところが、丸太町通と西大路通の交わる、「円町（えんまち）」という特別な名前のついた交差点だ。
　円町の交差点を過ぎたあたりで、助手席から左を観ていたレイが"Oh..."と、軽い驚きの声をあげた。
「エース、アレハ、エキ？」
　レイが興味を示したのは、高架（こうか）になった線路の上に屋根のついた駅だった。延々と高架が続く中に、ぽつんと駅がある。高架の上に屋根だけ載せたようなシンプルなつくりなのは、近年、急につくられた駅だからだ。
「ああ……あれは、京都駅から嵐山のほうまで行くことのできるJR嵯峨野（さがの）線の円町駅だよ。できてから、まだ何年も経（た）っていない新しい駅なんだ」
　納得したようにレイがうなずくあいだにも、車は進む。
　円町駅を過ぎると、丸太町通は少しずつ北へと傾（かたむ）きながら高くなり、妙心寺（みょうしんじ）という大きなお寺へと続く斜めの道と交わるところから急に南西向きの下り坂になり、そこで一気に視界が大きく開け、花園（はなぞの）駅前の広いスペースに出る。
　高架の上に屋根が架かっているつくりは花園駅も同じだが、先ほどの円町駅より、だいぶ屋根がリッパだ。
「丸太町通は、途中（とちゅう）で名前が変わるんだ。と言っても『新』がつくだけで、花園から双ケ丘（ならびがおか）の周辺──このあたりから京都市の西の果（は）てまでは、新丸太町通（しんまるたまちどおり）と呼ばれている」
　花園駅からさらに西へ進むにつれて、いよいよ風景は郊外っぽくなってくる。地上に降（お）りたJRの線路をまたいで、南北に走る道路の高架が立体交差するポイントに出る。
　レイが「ナラビガオカ？」と訊き返すあいだにも、〈ノーダンサー〉は新

丸太町通から脇道へ、大きく回り込んで立体交差の高架へ向かう。
「丘が並んでいて、このあたりは双ケ丘と呼ばれているんだ」
京都では道路が立体交差するポイントは、かなり珍しい。双ケ丘の高架はそれなりの高さがあり、その日のぼくたちのように北から渡ると、南に広がる市中の風景を眺めることができて、気持ちいい。

高架を渡り終わり、さらに南へ進むと、左手に大きな川が出現する。
「エース──コレガ、サッキノ、テンジンガワ？」
「いや。これは御室川。もう少し先で天神川と合流して、名前が天神川に変わるんだ」
「マタ、カンジ、カワル？」
「いや。賀茂川が高野川と合流して鴨川に漢字が変わるのとは違って、御室川と合流しても、天神川は天神川のままだよ」
「ソウカ。ヨカッタ」
おぼえることが減って良かった、という意味だろう。それまで運転に集中していた母は、自分も英語を勉強中ということで強く共感できたのか、「良かったわねえ、レイ」と笑っていた。

そのまま川沿いを南へ進むと、東から流れ込んできた天神川と御室川が合流する地点に至る。その合流点の近くにあるのが天神川御池と呼ばれる交差点で、今日レイを案内する御池通の西端となる。この西の終点が、御池通体験のスタート地点だ。
「この天神川御池から、鴨川を越えた川端通まで続いている御池通が、現在の京都のシンボルロード──先週のXYグラフで言うと京都のX軸となる、御池通だよ」
「Xジク──"the x axis" ダネ？」

「そう。と言っても、この西のほうは、今、地下鉄東西線の延長工事が続いていて、まさに発展している途中なんだけどね」
　天神川御池――京都のX軸の西端から東へと、ひたすらまっすぐに延びる道を、〈ノーダンサー〉は、ひた走った。西のほうには大企業の工場などの巨きい建物が目立ち、数年前にノーベル化学賞を受賞した田中耕一さんが勤務する島津製作所も、御池通西部に面している。

　郊外っぽい雰囲気から次第に市中の賑わいが増していくと、少し前に建て直されて綺麗になった西京高校・附属中学校の校舎が左手に見えてきて、京都の主要な南北の通りでは、いちばん西の通りとなる、西大路通に出る。その交差点――西大路御池を通り過ぎながら、ぼくは説明した。
「今、地下鉄東西線は西は二条駅までだけれど、もうだいぶ工事が進んでるから、間もなく西大路御池駅まで開通すると思う。そこからさらに、さっきの天神川にも近い将来に駅ができることになっている。もっと西へも、どんどん延ばしていく計画もあるらしい。でも、天神川駅より向こうのことは、だいぶ先だから、わからないよ」
　1年間しか日本にいないレイに、あまり先の話をしても仕方ないか。
　そう……レイは、たった1年間しか日本にいないのだ。その1年間も、あと数日で、最初の1か月が終わってしまう。
　なんて速いんだろうと感じるのは、きっと、レイとの生活が楽しいからだ。もしレイがイヤな奴なら、拷問のように長く感じる1年になっていたと思う。
　レイが最高にいい奴で、ほんとに良かった……。

　さらに御池通を東へ進むと、圧倒的な存在感を持つ宇宙船のような

巨大な屋根が、遠くから迫ってくる。円町駅を見た時よりも数段強い反応でレイが"What's that!?"と思わず叫ぶと、母は「あら。レイのナマ『ワッツ・ザット』ね！」と、ナマ『オー・マイ・ガァ（Oh, my God）！』を聞いて喜ぶ日本人特有のリアクションで、はしゃいだ。

　南北に走るJRの高架の上に、とてつもなく巨きな亀の甲羅のような、独特のラインで湾曲した屋根が載っている。高架の上に、巨大な宇宙船が停泊しているような光景だ。屋根を甲羅に見立てたら、亀の大怪獣ガメラがそこで寝ている様子を、幻視できるかもしれない。
　円町駅や花園駅とは比較にならない屋根のリッパさで、周囲に娯楽施設などの高い建物が並んでいることもあり、スケール感がすごい。

　JR二条駅だ。

　東へと走り続けて二条駅が近づくにつれて、御池通の道路が急に斜め左前方へ折れ──北東方向に、まっすぐ延びる──。
「この二条駅のところだけ、御池通は分断されているんだ」
「ブンダンサレテ？」
　レイは「ブンダンサレテ」でひとつのコトバだと思ったらしい。
「いったん切れてる、ってこと。駅の向こう側には、また御池通があるんだけどね」
　二条駅の巨大な屋根の威容は、間近で見上げると、さらにすごい。その駅の高架をくぐった先にあるのが、かつての朱雀大路──千本通との交差点。斜めの道で少し北に移動したので、ここは御池通ではなく、御池通のひとつ北を東西に走る押小路通となる。
　千本押小路の交差点で信号待ちをしながら、母が訊いた。

「エース、どうする？　このまま千本を下がって、もう御池に入っちゃう？　それとも、まっすぐ押小路から行く？」
　千本御池から次の大通りの堀川御池までは御池通の道幅が狭い。この区間に限っては押小路通のほうがはるかに広くなっていて、走りやすい。それに押小路通から行けば、途中から二条城を見ながら走ることができる。
「押小路から行こう」
　ぼくの提案で、〈ノーダンサー〉は押小路通を東へ直進した。

　中京中学校の校舎とグラウンドが続く視界の左手に、京都御苑にも似た壮大な緑の広がりと石垣が前方に現れる。助手席ではレイが「エース！　アレハ、ナニ！」と歓声をあげている。
　水をたたえた大きなお堀。綺麗な曲線を描く石垣と、その上に聳える、優雅な城郭建築の櫓。外部からの侵入を拒むように密集する樹木。天守閣がなくても、それは紛れもなく城だ。

「レイ、二条城だよ」

　さすがに京都御苑と比べるとややスケールが小ぶりだが、それでも押小路通に沿って二条城のお堀が数百メートルも続き、観光客目当てのタクシー行列が連なっている。
　レイは助手席の窓に顔を近づけ、しきりに感嘆の声をもらした。
　押小路通のつきあたりで、堀川通にぶつかる。そこで右折すると、堀川御池の巨大交差点に出る。御池通が京都のX軸──シンボルロードとされているのは、この堀川通から東の烏丸通〜河原町通までの区間が、京都最大の幅50メートル道路となっているからだ。

京都三大祭のうち「祇園祭」と「時代祭」——さらに、京都市の「京都まつり」では、この御池通が車両通行規制され、パレードが練り歩く。そのため、「田の字地区」——漢字『田』の上の横棒部分となる、御池通中心部（堀川通～烏丸通～河原町通）の美観維持に市は、チカラを入れている。
　市内のほかの地域に先駆けて綺麗なタイルで道路が舗装されたのは御池通のこの地区だし、堀川通～烏丸通～河原町通区間の御池通には、南北に走るすべての細い通りごとに必ず、御池通の南北両側に、その通りの歴史が4か国語の解説で記された照明灯が立っている。
　そして、この地区が汚されないよう、市の職員から成る「京・華やぎ隊」が、パトロールするかのように、定期的に清掃活動を行っている。

　堀川通を過ぎて烏丸通が近づくにつれて、大きなマンションやオフィスビルなどの高い建物が急速に増えてくる。御池通の烏丸通～河原町通は、先週レイを案内した烏丸通の御池通～四条通間と並んで京都でいちばん高い建物が密集している地域だ。
　御池通は幅広なので、京都市の東の果て——東山の山並まで見渡せる。高いビルとビルのあいだから綺麗な山の稜線が見える風景は、いかにも京都らしい。

　烏丸通を過ぎたあたりで、レイが御池通の北側を見ながら「オハナヤサン」とつぶやいて、ドキッとした。お店が近づいているのはぼくもわかっていて、ちょうど〈フラワーガーデン〉のことを考えていたところだった。
　ぼくと母が毎週土曜日に花を買いに行く花屋さん、〈フラワーガーデン〉は、御池通の北側——烏丸通と河原町通のあいだにある。

この区間には何軒か花屋さんがあって、そのうちの1軒が〈フラワーガーデン〉だ。
「ア、アッタ。アソコ」
　レイが目ざとく見つけて、指さしている。
　なにげなく視線をやったが、店先に並んだ花を見る客が数人いるだけで、店内にいるのだろうあのお姉さんの姿は見えなかった。

　今日——1月27日も土曜日なので、花を買う日だ。今日は母には〈ノーダンサー〉で先に帰ってもらい、あとで、ぼくとレイのふたりだけで花を買って帰ることになっていた。このあと、レイと、ふたりで寄りたいところがあるからだ。母は「お母さんが買っておこうか」と言ってくれたのだけれど、「いや、ぼくとレイで行くよ」と主張した。
　これだけは譲れない。

河原町御池の交差点には、北東の角に京都最大のホテル——京都ホテルオークラがあり、北西の角には京都市役所がある。
　京都ホテルオークラ正面——御池通の中央分離帯は、昼は爽やかな噴水が並び、夜は綺麗な青白い照明が並び、TVドラマなどでもよく使われるスポットだ。
　この先には鴨川と川端通があるだけで、御池通は川端通で終わる。河原町御池の交差点は、御池通のほぼ終点近くということになる。

　市民の憩いの場でもある京都市役所前広場で〈ノーダンサー〉から下ろしてもらい、母には、先に帰ってもらった。それからぼくは、レイを促して、市役所前広場の西の端にある、地下へと通じるエレベーターに乗り込んだ——。

6

　京都のシンボルロードであり京都市のX軸（東西の中心軸）となる御池通の地下には、地下鉄東西線が走っている。それは広く知られているけれど、御池通の地下に、京都市最大の地下駐車場と、京都駅前地下街〈ポルタ〉に次ぐ京都で2番めの規模を持つ地下街〈ゼスト（Zest）御池〉があるのは、ほかの地方から来る観光客たちには、ほとんど知られていない。
　御池通を案内するのにあたって、〈ゼスト御池〉や御池地下駐車場をレイに教えないわけにはいかないだろう、とぼくは思った。
　京都市役所広場の西端にあるエレベーターから地下1階まで降りたぼくとレイは、〈ゼスト御池〉のフロアを散策することにした。

　〈ゼスト御池〉は、河原町御池の交差点の真下──地下鉄東西線の京都市役所前駅や京都ホテルオークラと直通している河原町広場から始まり、烏丸通の方向へ──西へまっすぐに延びているので、まさしく御池通の真下に広がっていることになる。
　東端の河原町広場から西端の御幸町広場まで、2本ある通路の両側にショップが並び、途中、いくつか通りの名前を冠した広場がある。
　たまに人気タレントのイベントも行われる河原町広場には巨大スクリーンに映像が流れ、パン屋さんや喫茶店、インフォメーションカウンターなどがある。そこから西へ延びた地下街には、コスメ・ショップやアロマ・ショップ、メンズやレディースの服屋や子ども服の店、ジュエリー・

ショップ、マッサージ店、美容室、ビーズ・ショップ、生活雑貨、インテリア雑貨、ファッション雑貨の店、靴屋、メガネ屋、歯医者、本屋、カメラ屋……と言った雑多な店がたくさん軒を連ね、地下街の西のほうには食品販売の店やレストランが、いくつも並んでいる。暖色系の照明で統一された独特の色調が、この地下街の特色になっている。
　〈ゼスト御池〉は地下街西端である御幸町広場で御池地下駐車場とも接しているので、車で来るのにも便利だ。〈ゼスト御池〉があるのは地下1階だけだが、京都最大となる御池地下駐車場は、地下1階だけでもかなり広い上に、さらに、地下2階まである。

　1997年の地下鉄東西線の開通と同時にオープンした、まだ歴史の浅い知られざる地下街である〈ゼスト御池〉は、平日は、かなり空いている。その隠れ家的な雰囲気もぼくは好きなのだが、最近は知名度も上がり、土日や祝日にはカップルや家族連れなどで賑わっている。
　休日などで来客数が多い時、〈ゼスト御池〉内に数か所ある広場には「占いコーナー」が設けられ、何人もの占い師たちが机を並べ、どこもけっこう繁盛している。
　あいにく、ぼくは診てもらったことはないけれど、1月27日も土曜日ということで、いつもの土日のように「占いコーナー」ができていた。ぼくは〈ゼスト御池〉に限らず占いを体験したことはない。興味がないので、横目に見るだけで通り過ぎた。
　1週間前に東大路通で「変身」したあとに気になったように、実は、その日も途中から、気持ちの悪い違和感があった。違和感の正体がなんなのか、最初はわからなかった。

　買物は目的ではなかったのだけれど、〈ゼスト御池〉を初体験するレ

イは、あちこちの店で欲しいものを見つけては、ぼくに意見を求め、そのうちいくつかを購入していた。
　買物が一段落したところで、ぼくとレイは〈ゼスト御池〉内の広場のひとつで、缶ドリンクを買ってそれを飲み、雑談しながら少しくつろいでいた。
　談笑していたところに、レイが――

「ニシオ！」

　――と、いきなり鋭く叫んだので驚いた。
　レイは買ったものの詰まったいくつかの袋を左手に、飲みかけの缶コーヒーを右手に持ったまま、広場から地下街の通路のほうへと駆け出していく。
　ぼくも缶ドリンクを持っていたので手が塞がっていて、すぐさまレイを追うことができず、途方にくれて、その場で固まっていた。レイは、そのまま通路を走っていきそうなほどだったけれど、ぼくを残して行ったことはさすがに忘れずに、「エース、ゴメン……」と、すぐに戻ってきた。
「レイ、なにがあったの？　『ニシオ』って、ひょっとして――」
「ニシオ・ヤツハシ！　イマ、オトコノコ、モッテタ」
　ぼくは「ああ、そうなんだ」と、納得して苦笑した。

　西尾八ッ橋は京都銘菓・八ッ橋の発祥の店として知られる老舗で、わが家でもヒイキにしている。西尾八ッ橋独特の四角い八ッ橋をレイがとても気に入ったので、最近は数日おきに食べている。レイは西尾八ッ橋のピンクのビニール袋を持っている男の子をたまたま目撃して、つい興奮してしまったらしい。

あとにして思えば、それは、西尾八ッ橋の少年とぼくたちの記念すべき最初の出会いだったわけだけれど、その時は、まだ気に留めるほどのできごとではなかった……。

ドリンクを飲み干して小休止を終えたぼくたちは、せっかくなので〈ゼスト御池〉の中で食事してから御池通に上がって、そのあとで〈フラワーガーデン〉に寄ってから帰ろう、ということになった。
　〈ゼスト御池〉の西端に並ぶレストランをひとつずつ外から覗いてディスプレイやメニューなどを値踏みしていた時のことだ。
　なにげない口調でレイが切り出した。

「エースニ、ハナシタイコトガ、アルンダ」

　目はレストランのメニューを追いながら、ぼくは気軽に「なに？」と、問い返した。

"To tell the truth, the first reason why I came to Kyoto is to look for something."
（＝ほんとのこと言うと、ぼくが京都にやって来た
　　そもそもの理由は、あるものを探すことなんだ）

レイが急に真剣な声と表情になったので、どのレストランにしようかなという思索は、ぼくのあたまから、こぼれ落ちた。
「レイ……京都で、なにか探してるの？　なにを？」
　これまでの3週間、レイは、そんな素ぶりを見せなかった。それならそうと、早く言ってくれれば、いつでも協力したのに……。

言い出しにくいことなのだろうか？

"The clue of my missing father.
 It seems to be called 'ONENESS'."
（＝ぼくの消えた父親の唯一の手がかりだ。
　　　　それは「ワンネス」と呼ばれているらしい）

　ぼくが「ワンネス？」と訊き返すのと、女性の悲鳴が聞こえたのが、ほぼ同じだった。

　〈ゼスト御池〉の西端にある御幸町広場のレストランの前でぼくたちが話していたすぐ近くで、走り去る男と、それを追おうとして転倒した女性がいた。

　サングラスをかけ黒い革ジャンを着た男が、女性のバッグを引ったくり、走って逃げたのだ。近くにいた男たちが逃げる男を捕まえようとしたが、サングラスの男はそれを撥ねのけ、御池地下駐車場のほうへ、猛然と走り去っていく——。
　近くの者たちが「待て！」「捕まえろ！」と叫んでいる。
　ぼくが「レイ、追おう！　先に行って！」と声をかけると、レイはうなずいて男のあとを追って駆け出した。

　〈ゼスト御池〉の御幸町広場から御池地下駐車場へ通じる廊下は、少し急なスロープになっている。しかも、〈ゼスト御池〉側からだと登りのスロープだ。
　車イスだとスピードは出ない。

じゃあ、迷いはない。

「――変身」

車イスから飛び出し、ぼくもスロープを一気に駆け上がる。
つきあたり――自動扉が開くのを待つ時間も惜しい。
そこから向こうは地下駐車場特有の薄暗い空間で、むんとした濃密な空気が、からだに、まとわりついてくる。地下駐車場は、はるか前方まで延々と続いている。レイの背中は、もうかなり先に見える。逃げる男は俊足なのか、さらに差は広がっている……。

ぼくは深く息を吸い込んで、止め――加速した。

全力で走っているのだろうレイを瞬時に抜き去り、逃げる男の背中にグングン迫っていく。背後でレイが「エース！」と快哉を叫んだ。
だいじょうぶ……間にあうだろう。

子どもの頃――ぼくは、だれよりも足が速かった。
あの頃のぼくは、まるでヒーローみたいな奴だった。

ぼくは、まだ性懲りもなく、こうして
ヒーローのマネごとをしている……。

今でもぼくは、実は、だれよりも足が速い――。
車イスを降りられる１分間に限って、だけれども。

視界の世界が、高速で左右に吹っ飛んでいく——。
　加速して——加速して——加速し続けた状態で、そのままぼくは後ろから男にタックルした。男が呻き声をあげる。ぼくと男が飛ぶ——。硬いアスファルトの上を、ふたりが滑る——。真冬で厚着していたので、そんなにダメージはない。

　そこで、時間切れだ。

　ぼくの下半身には、もうチカラが入らない。
　今ここに車が走ってきても、ぼくは逃げられないだろう。
　でも、だいじょうぶだ……。
　今のぼくには、信頼できる相棒がいる。
　ぼくの腕の中から逃げようと必死でもがく男を、レイが取り押さえる。さらに、あとから走ってきた数人の男性が、みんなで、その男を地面に押さえつけた。もう心配はない。
　レイがぼくを抱き起こし、慎重に背負ってくれた。
　レイの小さな背中は、ふしぎな安心感に満ちている。
　だれかがバッグを男から取り返し、遅れてやって来た被害者の女性に返していた。女性が御礼を言っている。
　その声に聞きおぼえがあって、ぼくはそちらを見た。
　たまたま同時に、彼女のほうでもこっちを見た。
　彼女は「あら」と驚いた声をあげた。

「やっぱり、きみだったのね……」

　レイは彼女をおぼえていないのか、首を傾げる。

ぼくは「あ、こんにちは」と、レイの背中からあたまを下げた。彼女はロングの黒髪を珍しく下ろしていたから、ぼくは被害者が彼女だと気づいていなかった。彼女のほうでは、ぼくだと思ってたみたいだ。
　ぼくが〈フラワーガーデン〉に行く理由でもある、彼女——名前さえ知らない花屋のお姉さんは、いつも以上に寂しそうな目で、ぼくをジッと見つめていた。

7

　〈フラワーガーデン〉のお姉さんは、何歳くらいなんだろう？
　女性の年齢は神秘的でわからないけれど、たぶん、ぼくよりも10歳近く年上だと思う。若く見えているだけで、ひょっとすると、もっと上かもしれない。ただ、ぼくにとって彼女の年齢は、まったく重要じゃない。
　たくさんの花に囲まれているのに、彼女は、いつもとても寂しそうな目をしている。初めて彼女を見た時から、ぼくは、そこに惹きつけられた。20代前半では、絶対に、あんな目はできない。達観している——というか、あれは、この世界が不完全であることを知り抜いている人の目だと、ぼくは感じている。だから、ぼくは彼女のことが気になって気になって仕方がない。彼女の目の秘密を少しでも知りたくて、毎週のように〈フラワーガーデン〉に通っているんだと思う。

　彼女とお店の外でコトバを交わしたのは、それが初めてだった。
　彼女は、ぼくがいちばん訊いて欲しくないことを訊いた。

「……歩けたの？」

と。

　レイが強張るのがわかるほど、ぼくにとっては厄介な質問だ。
　ぼくは「ニセ車イス」だと思われてしまったんだろうか？

どう答えようか、レイの背中で少し迷ってから——

「……1分間だけ」

　——と、正直に答えた。
　そんな説明だけでぼくの特異体質を理解してもらえたとはとても思えないのだけれど、彼女は「そう……」とうなずき、「とにかく、ありがとう」と、あたまを下げた。
　「あ、今日——もう少ししたら、お店に行くつもりでした」
　取りつくろうようにコトバを継いだぼくと目をあわせず彼女は「ありがとうございます」と、営業モードで少しだけ笑顔を見せて、「わたしは今日、お休みだけれど……」と、つけ加えた。
　ぼくと彼女の会話は、それで終わり。
　サングラスの男を取り押さえているほかの男性たちにも、ひとりずつ御礼を言うために、彼女は、ぼくとレイに背を向けた。
　拒絶されたように感じたのは、ぼくの考えすぎだろうか？
　そのままそこにとどまっているのもおかしい気がしたし、車イスは、まだ〈ゼスト御池〉に放置したままだ。ぼくはレイに「行こうか……」と、できるだけ自然に声をかけた。

　思わぬ事件で話が中断してしまったけれど、〈ゼスト御池〉で食事をしながら気持ちを切り替えて、さっきの「ワンネス」の話に戻った。

　"Oneness"——「ただひとつのもの」？

〈キャナスピーク〉ならば「ゥアンニス」となる。

その「ワンネス」というコトバが、なにを示しているのか、レイにもわからない。ただ、1週間に1度だけ京都の観光名所のどこか1か所に出現する「なにか」なのだという。それがレイの消えた父親の唯一の手がかりであるらしい。
　「京都の観光名所のどこか1か所？　それも、1週間に1度だけ出現する？　……って、レイ、京都の観光名所がいくつあるか、知ってて言ってる？」
　ぼくが訊くと、レイは「シリマセン」と首を左右に振る。
　その脳天気さは、ある意味で微笑ましいが……。
　歴史的な神社仏閣だけでも、2000以上あると言われている。老舗の旅館や商店なども一種の名所だと考えるなら、候補地は10000か所どころではないだろう。
　その中のただ1か所に、1週間にたった1度だけ出現する「ワンネス」という「なにか」を、どうやって見つけると言うのだろう？　そもそも、その「ワンネス」がなんなのかさえ、わかっていないというのに……。

　藁の山から1本の針を見つけるような──。
　まるで、雲を摑むかのような話だ。

　レイが1年間で日本語の達人になるよりも──いや、母が1年間で英語の達人になることよりも、よっぽど難しいだろう。具体的な目標があるぶん、それらのほうがまだマシだ。
　それでも……レイの消えた父親の手がかりなのだという以上、ホストブラザーであるぼくが協力しないわけにはいかない。
　「わかったよ、レイ。それじゃあ、これからは毎週、ふたりでいっしょに京都の観光名所を回って、『ワンネス』の手がかりを探そうよ」

ぼくのコトバが嬉しかったのか、レイは「エース、アリガト」とハグしてきた。照れて押しのけるぼくに、レイは笑って言った。
　「デモ、ジシンハ、アルヨ」

"Because I have 'serendipity'."
(=ぼくには「セレンディピティ」があるから)

　それは、ぼくの知らないコトバだった。
　「レイ——『セラァンディパティ』って、なに？」
　〈キャナスピーク〉風に表記するなら、そう聞こえた。
　さすがに日本語で説明するのは難しかったのか、レイは英語で説明を加えた。

"'Serendipity' means
　　　　'the gift of catching accidental luck'."
(=「セレンディピティ」は
　　　　「偶然の幸運を手に入れる、生まれついての才能」という意味だよ)

　ギフト（gift）という単語には「贈（おく）り物」のほかに、「生まれついての才能」という意味もある。「生まれついての才能」というのは、神様からの「贈り物」だ——という解釈（かいしゃく）だろう。
　ぼくの「変身」能力は生まれついてのものではないにしても、まあ、特殊（とくしゅ）能力であるには違いない。ぼくの能力も、神様からの「贈り物」——ギフト（gift）だと考えるべきなんだろうか？

　ぼくは、神様を信じない。

もし神様がいるのなら、ぼくにこんな人生を歩ませている理由を、真っ先に問い質したいところだよ。でも……存在しない者に質問することは、だれにもできない。

　あとで家に帰ってから調べてみたところ、"serendipity" は、ちゃんと英語の辞書にも載っているコトバだった。ネットで検索してみると、最近は日本でも大きな注目を浴びている能力らしい。
　レイが持っているという「偶然の幸運を手に入れる才能——セレンディピティ」があれば、この１年間のどこかで、奇蹟的に「ワンネス」を見つけられるだろうか？
　未来のことはなにもわからないけれど、なにもたくらまないよりは、夢を実現させていくための戦略をいろいろとたくらんでおいたほうが、夢が叶う可能性は高まるはずだ。
　「たくらみ」は英語にするとプラット (plot) で、この単語には「物語の筋書」という意味もある。ぼくたちの、この今年の「大河ノベル」を盛り上げていくためには、できるだけたくさんの「物語の筋書」が——「たくらみ」が要るだろう。できるだけラッツ・アヴ (lots of＝たくさん) のプラッツ (plots) を——ということだ。

　〈ゼスト御池〉のレストランで「ワンネス」について初めて話した最後に、ぼくは、そのコトバを耳にした時に浮かんだ誤解にも触れた。
「実は、ぼくは最初、ぼくがワンネスかと思ったよ」
　よほど意外だったのか、レイは食事を終えたあとでクチに運んでいたグラスの水を思わず噴き出して "What!?" と絶叫したほどだった。
「エースガ、ワンネス!?　ナゼ！」
　レイにハンカチを差し出しながら、ぼくは説明した。

「あ、ごめん。深い意味はない。ぼくは別に毎週は観光名所に行っていないから『ワンネス』の条件を満たしてはいないし。そう聞こえてしまった——というだけだよ」

「ソウ……キコエタ?」

「最初に京都駅でレイに会った時、ぼくが言ったことを、まだおぼえているかな? 日本語の漢字には、複数（ふくすう）の読み方がある——って話」

言いながら、とてもなつかしかった。

あの日から今日で20日が経過したことになる。

充実していたけれど、あっという間の20日だった。

「アア、オボエテイマス」

おぼえているなら、話が早い。

ぼくは、この奇妙（きみょう）な符合（ふごう）を説明した。

「ぼくの名字（みょうじ）である『一角』という漢字には、それぞれ、『ひとつ』『つの』という読み方がある。これがつながって『一角』を『ひとつの』と読むこともできる」

「ヒトツノ……ツマリ、"one" デスカ?」

レイの「ワンデスカ?」は「ワンネス、カ?」とも聞こえたのでぼくは少しドキリとしながら、タネあかしした。

「そう。そして、ぼくの下の名前『英数（ひでかず）』は『エース』と読める。日本人のカタカナ英語風に表記するなら、ぼくの名前は『ワン・エース』となり、この音をつなげて読めば……」

「ワン・エース……『ワンネス』……」

レイが日本人っぽいカタカナ発音をして、納得していた。

1月28日の日曜日には、新しい仮面ライダーの放送が始まり、レイは大喜びしていた。今年のNHK大河ドラマにも、慣れてきた。

ぼくたちのこの大河ノベルにも、慣れつつある。
そして——
ぼくたちの最初の1か月は、間もなく終わる。

1月31日——1月最終日となる、水曜日の夜。
その夜の授業で若宮菜々ちゃんから「エース先生とレイたん、2週間後を楽しみにしとってな〜」、と元気のいい関西弁で言われたけれど、なんのことかわからず、レイに質問されても答えられなかった。
菜々ちゃんには「も〜、エース先生、やっぱ鈍いわ。まあええよ」と、スネたように笑われてしまった。
そんな一幕もありつつ、授業は終わった。
菜々ちゃんを途中まで送っていきがてら、夜の散歩をしてこようかな——と、レイが意外なことを言った。
このあたりの地理にもずいぶん慣れたので、1度、ひとりで夜の散歩を楽しんでみたいのだという。そんなことを彼が言うのは初めてなので、驚いた。
まあ、レイに限って「送り狼」になる心配はないだろうし、仮に彼が魔が差して菜々ちゃんに襲いかかったところで、菜々ちゃんは、空手の有段者だ。返り討ちにあうだろう。

「それじゃあ、菜々ちゃん、また来週——。レイ、気をつけて」
「エース先生、まったね〜。スィー・イゥ!」
ウインクして投げキッスする菜々ちゃんに苦笑を返す。
「イッテキマス」
「いってらっしゃい」

菜々ちゃんとレイを送りだしたあと、しばらくはふたりのことを気にかけていたけれど、ボーッとTVを観ているうちに忘れた。TVを観ている時、あることに気づいて、そちらのほうに注意を奪われてしまったのが大きい。
　２週間前——東大路通でぼくが「変身」したあと、人込みの中に感じた違和感——。そして、先週末、レイと訪れた〈ゼスト御池〉で感じた２度めの違和感の正体に、やっと気づいた。

　そのことに気づいて、ぼくはゾクリとさせられた。
　それは、今までに味わったことのない感覚だった。
　偶然、なのか？　単なる偶然——のはずだが……。
　もし偶然でないのなら、その理由が想像できない。

　ぼくが違和感をおぼえたのは、東大路通の人込みと〈ゼスト御池〉の人込みの中に、同じ人物がいたからだ。
　人込みというのは風景のようなものなので、視界の端に捉えていても、その時は認識できていなかった。
　意識したとたんに、カメラのピントがあうように、その人物だけが記憶の風景の中から鮮明に浮かび上がってきて、なぜか背筋が寒くなる。
　ぼくは、その人物に、少し前にも意外な形で会っている。

　東大路通の人込みの中、ぼくたちを取り囲んでいた人の輪に彼女は紛れていた。〈ゼスト御池〉で彼女がぼくの視界に入ってきたのは、「占いコーナー」の横を通った時だ。
　占いの客ではなく、彼女は占い師の席に座っていた。
　ぼくが京都タワーで助けた、杖をついたあの老婆だ。

ぼくがレイの決定的な秘密を知ったのは、しばらく経ってからのことだ。あとになってふり返ると、あの1月31日の夜には、重要な意味があった。

　あの夜、菜々ちゃんを途中まで送り届けたあと、レイは実際に夜の街をひとりで歩き、東山東一条の「京大正門前」バス停の近くにある公衆電話BOXに入り、国内の市外局番と、ある電話番号をプッシュしていた。（そういう事実があったことを、後日、ぼくは知る）

　相手が出ると、"Hi, it's me."（＝やあ、オレだ）と、わざと名乗らずに短いあいさつをして、レイは英語で話し始めた。

"(I) Finally got around to calling you.
　　　　... Yeah, thanks. Everything is perfect so far."
（＝やっと、あんたに電話できたよ。
　　　……ああ、どうも。今のところ、すべてが完璧だね）

　ホッとしたような声になるレイは、ふだん一角家の3人には見せない顔になっている。

"As planned, I could sneak into the host family.
　　　　No one of the family can have doubt about me."
（＝予定通り、ホストファミリーへ潜入したよ。
　　　家族のだれも、オレのことは疑っていない）

　夜の公衆電話BOXに映っている自分自身の姿を、レイは、さめた目で見つめている。

"Yep, of course. I'll be advancing this plot."
(=ああ、もちろん。この計画は、このまま進める)

　手短(てみじか)に通話を終えると受話器を戻し、レイは公衆電話BOXの中で長く息を吐き、ひとり自嘲(じちょう)ぎみに苦笑した。

「まったく……オレも、つくづく悪い男だよ……」

完璧な日本語で、そうつぶやきながら。

The End of **Book 1**

To be Continued...

あとがき

　どーもこんにちは、清涼院流水です。
　12か月連続刊行企画〈大河ノベル〉の始まりです。
　12か月連続で同一シリーズの作品を発表し続けるプロジェクトは、ずいぶん前からやりたかったことなので、ワクワクしています。
　本来なら、12か月連続刊行のようなビッグ・プロジェクトをやろうと思ったら、あらかじめ、全巻——とまでは言わないまでも絶対に何冊かは書き溜めておくはずですが、いっさいそんなことはなく、この1巻から、いきなりギリギリのスケジュールになりました。
　おもな理由は、ふたつあります。
　この〈大河ノベル〉の開幕がぼくのデビュー10周年と重なり、何年も前から複数の出版社と約束していた10周年記念プロジェクトの同時進行と重なってしまったことが、まずひとつ。このため、ほかの予定を整理したり、あるいは延期したりする調整にも時間を費やしまして、本書は〆切を過ぎてから書き始めたほどです。これには、かつて夏休みの宿題を必ず夏休みが終わってからやっていた（あるいは、やらなかった）ぼくもビックリの修羅場ぶりです。
　もうひとつは、英語や京都といった題材が、思ったよりも検証作業が面倒で、予想していた何倍も執筆に時間がかかる、ということ。
　そうした問題を抱えつつ、現在、2巻の〆切を過ぎているのに、まだ2巻ではなく別の仕事をやっているような状況ですが、それでもなお、危機感を上回る充実感があるのは、この〈大河ノベル〉という企画が、ほんとうに、信じられないほど楽しいからでしょう。
　1巻を書き終わった時、ぼくは本心から愕然としました。
「ええっ!?　もう、あと、たった11冊しかないの？」——と。

今までの作家生活10年でいちばん状況的に厳しい執筆だったにもかかわらず、そんなことを思ってしまうなんて、すごい企画です。
　上記のような修羅場がまだまだ続くので、正直なところ、12か月連続刊行をやり遂げる自信などは、ありません。が、ともに戦う盟友の西尾維新さんや、来年度の〈大河ノベル〉をお書きになる島田荘司御大にご迷惑をかけないためにも、ぼくにできるベストを尽くし続けることは、ここにお約束します。12か月連続刊行という奇蹟を成し遂げるためにも、あたたかい応援メッセージをいただけると嬉しいです。
　もうひとつの大きな挑戦である、これまた無謀極まりない、全国縦断12か月連続サイン会「どーもツアー」のほうも、どうかよろしく。
　みなさんとお会いできる日を励みに、がんばりたいと思います。

　最後になりましたが、いつも以上にトリッキーなフォントディレクションで読みやすく美しい横書きの版面を実現させてくださった紺野慎一さんと、かつてないほど納得いくまで何度も表紙をつくり直してくださったVeiaのみなさん、今回初めてお世話になる切り絵師の梅吉さん、もう10年来の戦友である太田克史編集長と、担当編集者の北田ゆう子さん。いろんな面でサポートしていただいている〈講談社BOX〉編集部の素晴らしいスタッフのみなさん、そして、最大の恩人である読者のあなたにも、心から感謝します。
　みなさま、ほんとうに、ありがとうございます！
　次にあとがきを書くなら、最終の12巻となります。ブジに──とは、とてもいきませんが、その日までなんとか辿りつけることを祈りつつ……。
　衷心より、1年間、どうぞよろしくお願い申し上げます。

　　　　　　　　　　　　　　　2006年末　清涼院流水拝

本作品は12カ月連続刊行企画、大河ノベル2007のために書き下ろされたものです。

著者紹介

清涼院流水(せいりょういんりゅうすい)

1974年生まれ。1996年、『コズミック 世紀末探偵神話』で第2回メフィスト賞を受賞し衝撃のデビューを飾る。代表作に『ジョーカー 旧約探偵神話』『Wドライヴ 院』などがある。

Paper Cutout Stamp
梅吉

1973年生まれ。酒好き。ねこ好き。『週刊モーニング』にて切り絵まんが「そこもまた魅力」を連載中。ウェブサイトのアドレスは、http://www.h6.dion.ne.jp/~umekiti/

講談社BOX

パーフェクト・ワールド What a perfect world!
Book・1 One Ace ～ひとつのエース～

定価はケースに表示してあります

2007年1月1日 第1刷発行

著者 ── 清涼院流水(せいりょういんりゅうすい)
© RYUSUI SEIRYOIN 2007 Printed in Japan

発行者 ── 野間佐和子
発行所 ── 株式会社講談社
　　　　　東京都文京区音羽2-12-21　郵便番号 112-8001
　　　　　編集部 03-5395-4114
　　　　　販売部 03-5395-5817
　　　　　業務部 03-5395-3615

本文データ制作 ── KODANSHA BOX DTP Team
印刷所 ── 凸版印刷株式会社
製本所 ── 株式会社若林製本工場
製函所 ── 株式会社岡山紙器所
ISBN978-4-06-283610-4　N.D.C.913　190p　19cm

落丁本・乱丁本は購入書店名を明記の上、小社業務部あてにお送り下さい。送料小社負担にてお取り替え致します。
なお、この本についてのお問い合わせは、海外文芸出版部あてにお願い致します。
本書の無断複写(コピー)は著作権法上での例外を除き、禁じられています。

一生成功

「絶対成功法のおかげで、夢だった漫画家になれました。夢見るすべての老若男女、必読の書。ありがとうキャラ教授!!」
漫画家 西島大介（にしじまだいすけ）

「キャラ教授」を読み込んだおかげで、文芸雑誌『ファウスト』はめでたく成功しました。さらに猛烈に読み込んで、講談社BOXでは大成功を狙います（笑）!!」
『ファウスト』&講談社BOX編集長 太田克史（おおたかつし）

『成功学キャラ教授』
清涼院流水

NOW ON

コレ1冊で、「4000万円トクする話」

成功学キャラ教授
4000万円トクする話
清涼院流水

Illustration / DAISUKE NISHIJIMA

定価:1575円(税込)
※お近くの書店で売り切れの際は、店頭にてご注文ください。

KODANSHA BOX

SALE

KODANSHA BOX 11月刊

講談社BOXは、毎月"月初"に発売！

※お住まいの地域等によって発売日が変わることがございます。あらかじめご了承ください。

コレ1冊で、一生成功！

清涼院流水
成功学キャラ教授
4000万円トクする話

キャラ教授の10講義を楽しく読むだけで、気がつけば人生の成功者に！ 漫画家・西島大介氏も絶賛の、世界一カンタンかつ実用的な絶対成功法を伝授!!

この速さは舞城王太郎にしか描けない！

舞城王太郎
SPEEDBOY!

走るのが速すぎて、限界の向こう側へ行ってしまった成雄。行く先々で待ち受けるのは、謎の白い玉、謎の女の子、そして……世界の果て。

新青春エンタの旗手、新境地！

西尾維新
化物語 上
（バケモノガタリ）

阿良々木暦（あらららぎこよみ）めがけて降って来た女の子・戦場ヶ原（せんじょうがはら）ひたぎには、体重というものがなかった!?

いま蘇（よみがえ）る、90年代青春漫画の爆弾作品！

安達哲
さくらの唄 上

市ノ瀬利彦（いちのせとしひこ）は学校のマドンナ・真理と親しくなる。未来に淡い希望を抱く利彦。しかし、大人達の欲望と破局の影が残酷に忍び寄る――。

売り切れの際には、お近くの書店にてご注文ください。

講談社BOX新人賞 流水大賞 原稿募集

登場することによって一瞬で時代を変えてしまう——、そんな破格の小説、破格のイラスト、破格の批評・ノンフィクション作品を講談社BOX編集部は求めています。優秀作品を「講談社BOX」として書籍化をいたします。

Everything is Boxed,
KODANSHA BOX.

募集と発表／募集は随時行います。また、発表は講談社BOOK倶楽部内の講談社BOXウェブサイトなどにて4カ月おきに行います。第一回の発表は2007年の4月に行う予定です。

応募要項

原稿送付先:〒112-800東京都文京区音羽2-12-2講談社海外文芸出版部「講談社BOX新人賞"流水大賞"」募集係

【小説部門】書き下ろし未発表作品に限る。原稿枚数:ワープロで400字詰め原稿用紙換算350枚以上。A4サイズ、1行30字×20〜30行。縦組で作成して下さい。初めに20字前後のキャッチコピーと800字前後のあらすじを添えて、ダブルクリップでとじること。別紙に氏名、年齢、性別、職業、略歴、住所、電話番号、そして原稿枚数を明記してください。優秀作品の書籍化に際しては規定の印税を支払います。応募原稿は返却いたしません。

【イラスト部門】書き下ろし未発表の作品に限る。B4サイズのカラーイラスト5点とモノクロイラスト3点の計8点を1セットにしてご応募ください。別紙に氏名、年齢、性別、職業、略歴、住所、電話番号、使用ソフト(バージョンも)とファイル形式を明記のうえ、データ記録されたCD-ROMやMO等のメディアと、プリントアウトしたものを同封してください。(手書き原稿の場合は、スキャンしたデータをお送りください)優秀作品のイラストレーターとしての起用に際しては規定の原稿料を支払います。応募原稿は返却いたしません。

【批評・ノンフィクション部門】書き下ろし未発表作品に限る。原稿枚数:ワープロで400字詰め原稿用紙換算100枚以上。A4サイズ、1行30字×20〜30行。縦組で作成して下さい。初めに20字前後のキャッチコピーと800字前後のあらすじを添えて、ダブルクリップでとじること。別紙に氏名、年齢、性別、職業、略歴、住所、電話番号、そして原稿枚数を明記して下さい。優秀作品の書籍化に際しては規定の印税を支払います。応募原稿は返却いたしません。

2007 BIGWAVE-REVOLUTION

下酷城>イ

大河ノベル

西尾維新

第二話の対戦相手は、孤高の城主・宇練銀閣。
決戦の舞台は下酷城！
斬刀・鈍を求めて、七花ととがめが戦いを挑む！

KODANSHA BOX

伝説の刀を求めて、二人は征く！

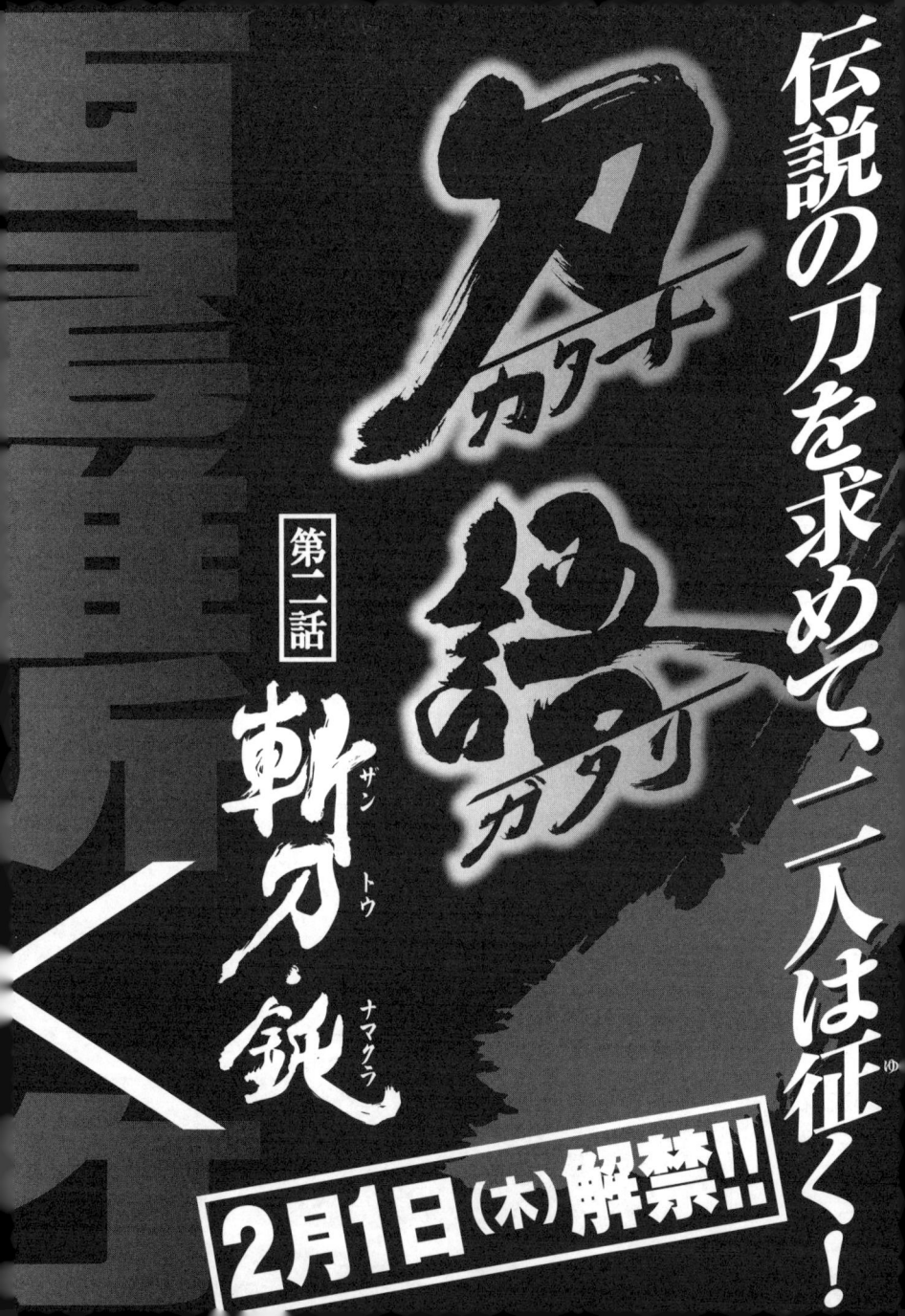

刀 カタナ

絶 ゼツ

刀 カタナ

リ

第二話 斬刀・鈍（ザントウ・ナマクラ）

冒頭再び開く

2月1日（木）解禁!!

2007 BIGWAVE-REVOLUTION

車椅子の青年・一角英数は、留学生のレイの父親を捜す手がかり——1週間に1度だけ京都の観光名所のどこかに現れるという謎の「ワンネス」を求め、本格的な調査を開始。そして、2人は早くも謎の一端を握る人物に出会う…!!

2007年は毎月流水!

運命は、1巻ごとに加速する!!

大河ノベル2007 パーフェクト・ワールド

コンプリート PRESENT!

『パーフェクト・ワールド』Book.1～Book.12（12月発売予定）の全12冊をお買い上げ頂いた方の中から、抽選で豪華オリジナルグッズをプレゼントいたします。賞品の詳細は6月発売予定のBook.6にて発表予定! 乞うご期待!!

応募方法

このページにある応募券を切り取り、Book.1～Book.12の12枚全部をそろえて官製ハガキに添付し、①郵便番号②住所③氏名④年齢⑤職業⑥電話番号⑦『パーフェクト・ワールド』の感想を明記のうえお送りください。

あて先:
〒112-8001 東京都文京区音羽2-12-21 講談社BOX編集部『パーフェクト・ワールド』コンプリートプレゼント係

しめきり:
2008年1月31日（木）当日消印有効
※当選者の発表は、賞品の発送をもってかえさせていただきます

Book.1 応募券 キリトリ線

デビュー **10周年** 記念作品

パーフェクト・ワールド

What a perfect world!

Book 2 Two to Tango
（タンゴを踊るふたり）

怒濤の12ヵ月連続刊行、第2弾!!

2月1日（木）解禁!!

清涼院流水

KODANSHA BOX

KODANSHA BOX 最新刊

2007年は毎月流水! 大河ノベル開始!
清涼院流水
『パーフェクト・ワールド What a perfect world! Book.1』
2人の青年が出会ったとき、"英語"と"京都"と"運命"を巡る壮大な物語が始まる。
清涼院流水が毎月1冊12ヵ月連続書き下ろし!
"大河ノベル"堂々の発進!

2007年は毎月維新! 大河ノベル開始!
西尾維新
『刀語 第一話 絶刀・鉋』
12本の刀を求めて、刀を持たない剣士と美貌の奇策士の旅が始まる!
西尾維新と竹が放つ、毎月1冊12ヵ月連続書き下ろし!
"大河ノベル"堂々の発進!

待望の"新伝綺"最新作!
奈須きのこ
『DDD 1』
それは骨の軋む幽かな夜。花開くような、美しい命の音——。空前のヒットを記録したあの『空の境界』から三年。奈須きのこがノベルシーンの最前線に帰還!
物語は境界を越えて"向こう側"へ!

講談社BOXは、毎月"月初"に発売!

お住まいの地域等によって発売日が変わることがございます。あらかじめご了承ください。

売り切れの際には、お近くの書店にてご注文ください。